내 눈을 봐!

내 눈을 봐!

안드레우 마르틴 지음
김지애 옮김

라임

차례

한밤중 그라피티 사건

그란우르베에 밤이 찾아왔다. 거리는 긴급 상황을 대비해 꼭 필요한 장소에만 불을 켜 두었을 뿐 대체로 어두컴컴했다. 달도, 별도 없는 까만 하늘 아래에는 건물의 새하얀 외벽만이 창백하게 도드라져 보였다. 이곳의 밤은 평화롭고 고요했으며, 어딘가 모르게 진중한 분위기가 감돌았다.

그란우르베는 모든 것이 청결하고 말끔하게 정돈되어 있는 더없이 완벽한 도시였다. 대기 오염에 대처하기 위해 설치한 대형 공기 정화 장치가 쉼 없이 작동했고, 전기 자동차들은 조용하고 안전하게 거리를 내달렸다.

시도 때도 없이 들려오는 소음과 무질서, 경솔하게 행동하는 사람들이 넘쳐 나는 라프론테라나 바리오 데 아바호와는 비교도 할 수 없었다. 이 도시는 냉철한 이성이 지배했다. 지난 몇 세기에 걸친 시행착오 끝에 이루어 낸 눈부신 성과였다. 이곳에서는 모두가 원하는 만큼 자기 몫의 평정을 누릴 수 있었다.

인적이 드문 거리에 느닷없이 나타난 검은 그림자 셋이 어둠 속을 쏜살같이 지나갔다. 옷과 모자, 스마트 안경, 그리고 마스크까지 죄다 검은색이었다. 그들은 발소리도 내지 않은 채 은밀하게 움직이더니, 새하얀 벽면 앞에 도착하자마자 래커로 글씨를 써 내려갔다.

스크린은 존재하지 않는 곳으로 들어가는 문이다.
눈은 삶이고, 스크린은 죽음이다.
눈을 쳐다보라!

그 순간, 감시용 드론이 나타났다. 처음엔 아무도 눈치채지 못하다가 작은 불빛이 계속해서 깜빡거리는 것을 보고서야 알아차렸다.

"조심해! 드론이야."

"도망가!"

그림자 둘은 래커를 내동댕이치고 냅다 달아났지만, 나머지 하나는 서명을 마무리하느라 시간을 끌었다.

감시용 드론은 가장 가까운 곳에 있던 순찰차를 서둘러 호출했다. 경찰들은 수배 중인 용의자가 움직인다는 첩보를 입수하고 현장으로 달려오던 중이었다. 일찌감치 도망친 그림자 둘은 맨홀 뚜껑을 열고 땅속 깊숙이 사라졌지만, 나머지 하나는 결국 검은색 제복을 입은 거구의 경찰들에게 겹겹이 에워싸였다. 저항해도 소용없을 것 같았는지, 검은 그림자가 떨리는 목소리로 말했다.

"알았어요. 항복할게요. 제가 졌어요."

경찰이 다가와 검은 그림자의 모자와 스마트 안경, 마스크를 차례로 벗겼다. 그러자 에메랄드빛 눈동자를 반짝이며 서글서글하게 웃는 매력적인 소년의 얼굴이 드러났다. 소년은 두려워하기는커녕 얼굴빛 하나 변하지 않고 침착했다.

지문 인식기에 따르면 소년의 이름은 닐 옵스타트. 그란우르베 중심가에 사는 옵스타트 가의 아들이었다. 현재 열여덟 살이었으며, 휴대폰이 사람들의 정신을 조종하는 것에 반대해 '스마트폰 통제법'의 제정을 옹호하는 비밀 결사대가 이끄는 시위에 다섯 번 정도 참여한 것으로 파악되었다.

닐 옵스타트는 그 자리에서 체포되었다.

덫에 걸리다

베아트릭스 우앙가 경감은 선글라스와 모자로 얼굴을 가린 채 다른 사람들처럼 휴대폰을 들여다보았다. 한창 일할 시각에 성인이 번화가 모퉁이에서 하릴없이 서성이는 건 모양새가 썩 좋지 않았지만, 다행히 경감을 주목하는 이는 아무도 없었다. 다들 자기 휴대폰에 정신이 팔린 까닭이었다. 설령 경감을 주목하는 사람이 있다 하더라도 남의 일에 참견하는 일은 없을 터였다. 각자 자기가 하고 싶은 것을 하면 그만이라고 생각하기 때문이었다.

베아트릭스 경감은 도로 건너편에 있는 으리으리한 건물의 정문을 뚫어져라 바라보았다. 곧 퇴근 시간이었다. 도로에서는 자율 주행 자동차들이 같은 속도와 간격을 유지하며 느긋하게 달리고 있었다. 이따금 사람을 태우거나 내려 주기 위해 단조로운 흐름에서 벗어나 보도 쪽으로 방향을 트는 차도 있었다.

잠시 후 트리플우베 건물의 출입문이 활짝 열리자 직원들이 마구 쏟아져 나오기 시작했다. 경감은 기대고 있던 벽에서 등을 떼고 경계 태세를 취했다. 사람들은 가지각색의 마스크로 얼굴을 가린 채 손에 든 휴대폰을 뚫어져라 바라보며 길을 걸었다. 마치 휴대폰에 영혼을 빼앗기기라도 한 듯이. 앞을 제대로 살피지 않은 탓에 끊임없이 서로 부딪치면서도 자기가 가야 할 길을 잘도 찾았다.

경감은 그 모습을 보고 자기도 모르게 감탄했다. 사람들은 하나같이 고개를 푹 숙인 채 휴대폰으로 게임을 하거나 뉴스, 영화, 패션 정보, 사진, 광고 등을 보았다. 또 문자 메시지나 메신저에 시선을 고정한 채 귀로는 음악이나 라디오를 듣는 데 빠져서, 생각을 하거나 감정 같은 것을 느낄 겨를이 없어 보였다.

경감은 고개를 푹 숙인 인파들 속에서 라이트 코스타를 바로 찾아냈다. 라이트는 트리플우베 부사장의 비서답게 단정하면서도 매력적인 차림새였다. 분홍색 머리띠와 같은 색깔의 마스크를 멋스럽게 착용하고 있었다. 그녀 역시 주변 사람들을 신경 쓰지 않고 무심한 얼굴로 휴대폰만 들여다보았다. 어쩌면 근무 시간에 온 문자 메시지를 확인하고 있는지도 몰랐다.

라이트는 전형적인 대학생 인턴 같아 보였다. 다시 말해 그란우르베에서 태어나 경제적으로 풍족한 가정에서 양질의 교육을 받으며 자란 뒤, 운 좋게(어쩌면 합당한 비용을 치른 뒤) 트리플우베 같은 대기업에서 일할 기회를 얻은 행운아처럼 보인다는 뜻이다.

베아트릭스 경감은 군중 속을 뚫고 쏜살같이 달려가 라이트의 어깨 위에 살며시 손을 얹었다.

"실례합니다."

"네? 누구시죠?"

라이트는 갑작스러운 상황에 놀란 표정으로 경감을 쳐다보았다. 분홍색 마스크 너머로 동그랗게 벌어진 입술이 희미하게 드러났다.

"그란우르베 경찰서 납치 전담반 소속 베아트릭스 우앙가 경감입니다. 잠시 이야기 좀 나눌 수 있을까요?"

다른 누군가가 즐거운 퇴근 시간을 방해했다면 톡 쏘아붙이고 무시했겠지만 경찰이라면 이야기가 달랐다. 경감은 경찰 배지를 내민 채 라이트의 눈을 똑바로 바라보면서 미소를 지었다. 솔직히 썩 유쾌한 상황은 아니었다. 경감은 마스크를 착용하지 않고 있었다. 그래서인지 뺨에 난 흉터와 그 흉터 때문에 살짝 일그러진 입가를 너무나 당당하게 드러내고 있는 듯이 보였다. 라이트는 경감의 얼굴을 흘낏 바라본 뒤 귀에 꽂고 있던 이어폰을 슬그머니 뺐다.

"퇴근 시간을 방해해서 미안하지만 물어볼 게 있어서요."

라이트는 경감이 이끄는 대로 순순히 길 모퉁이로 향했다.

"이름이 뭐예요?"

라이트는 경감의 친근하고도 우호적인 목소리에 안심하며 놀란 마음을 애써 진정시켰다. 자연스럽게 이야기를 나눈다면 누구도 자신을 이상하게 여기지 않을 터였다. 경찰이 말을 걸면 좋든 싫든 대답을 해야 한다는 걸 모르는 사람은 없을 테니까.

"라이트 코스타예요."

"어디에서 일하죠?"

라이트는 땅을 바라보며 생각에 잠겼다. 경감의 반짝이는 눈동자와 레이저 광선처럼 자신을 꿰뚫어 보는 듯한 시선이 어쩐지 마음에 들었다. 뺨에 난 상처와 웃는 모습, 상냥하면서도 예사롭지 않은 말투도 좋았다. 게다가 같은 여자라 그런지 경계심이 누그러지자 마음이 한층 편해졌다. 상대방에 대한 호감이 생기자 대답이 술술 나왔다.

"트리플우베에서 일해요."

"거기에서 어떤 일을 하나요?"

"우그 크론카이트 부사장의 비서예요."

그때 베아트릭스 경감이 대뜸 휘파람을 불었다. 라이트는 여유로우면서도 장난기 넘치는 그 모습에 설핏 웃고 말았다. 누구든 저 휘파람 소리를 듣고서 웃지 않을 수 없으리라.

"트리플우베 부사장의 비서라고요? 지구를 지배하는 황제 대리인의 비서란 말이죠? 우아, 대단하네요!"

라이트가 얼굴을 붉히며 키득거리자 경감이 재차 확인하듯 물었다.

"그러면 아그라마에서 일하는 건 아니네요?"

라이트가 고개를 끄덕이자 경감이 눈썹을 치켜올리며 덧붙였다.

"아무래도 내가 착각한 모양이에요. 어쨌든 아그라마와는 전혀 관계가 없다는 거죠?"

그 말을 들은 라이트의 표정이 딱딱하게 굳었다. 사실 아그라마 얘기가 나온 순간부터 긴장이 되던 참이었다. 뭐라고 대답해야 할지, 시선은 어디에 둬야 할지 고민이 되었다.

"그렇다면 혹시 아그라마가 어떤 곳인지는 아나요?"

베아트릭스 경감이 라이트에게 태블릿을 내밀었다. 화면에는 환하게 미소 짓고 있는 영웅의 이미지와 함께 '어떤 문제라도 해결해 드립니다!'라는 문구가 떠 있었다. 아그라마의 광고였다.

라이트는 어깨를 움츠렸다.

"…… 당연히 알죠."

"그럼 트리플우베도 아그라마와 함께 일하나요?"

라이드는 그제야 경감이 무엇을 알고 싶어 하는지 눈치챘다. 경감은 라이트가 부사장의 비서라는 사실을 알고 접근한 것이 분명했다. 옴짝달싹할 수 없는 교묘한 덫에 걸린 듯한 느낌이었다.

라이트는 당황한 기색을 숨기지 못하고 말을 더듬었다.

"아, 아니요."

"아니라고요?"

"경감님, 그건 말씀드릴 수가 없어요. 웬만한 기업들은 다들 한 번쯤 아그라마와 일해 보지 않았을까요? 유명한 회사잖아요."

경감이 아무 말 없이 자신을 물끄러미 바라보자 라이트가 조심스러우면서도 단호하게 말을 이었다.

"더는 말씀드리기 어려워요. 비서의 첫 번째 임무는 비밀 유지거든요. 보고도 못 본 척, 들어도 못 들은 척하는 게 제 업무라는 뜻이에요."

경감은 라이트의 대답이 재미있다는 듯이 빙긋 웃었다. 오늘 처음 만난 사람이지만 어쩐지 말이 잘 통할 것 같다는 생각이 들었다.

"알겠어요. 정리하자면 트리플우베는 아그라마와 일하지만 그걸 외부에 발설해서는 안 된다는 거네요. 그러니까 뭔가 해서는 안 되는 일을 한다는 뜻이겠지요?"

그 순간, 라이트의 눈에 공포가 살짝 어리면서 얼굴빛이 삽시간에 어두워졌다.

"경감님, 오늘 있었던 일은 제 상사에게 보고할 수밖에 없어요."

라이트가 날카롭게 말하자 경감도 물러서지 않고 맞받아쳤다.

"물론이죠. 불편하게 했다면 미안해요. 나 때문에 곤란해지는 건 원치 않아요. 그럼, 실례했습니다."

베아트릭스 경감은 사무적으로 대답한 뒤, 몸을 휙 돌려 인파 속으로 사라졌다.

납치 전담반

납치 전담반은 그란우르베 경찰청 13층에 있었다. 엘리베이터에서 내린 베아트릭스 경감은 조각상처럼 꼼짝도 않고 보초를 서는 헌병들 사이를 무심하게 지나갔다. 그들은 보안 시스템과 연결된 스마트 안경을 쓰고 있어서 건물 내부는 물론이고 아래층 복도와 거리에서 벌어지는 일까지 전부 감시할 수 있었다.

건물의 오른편 창밖으로는 그란우르베의 아름다운 전경이 훤히 펼쳐졌다. 깨끗하고 평화로워 보이는 건물들이 지평선까지 끝도 없이 늘어섰고, 상공에는 감시용 드론들이 시끌벅적한 새 떼처럼 부산스럽게 날아다녔다.

고개를 왼쪽으로 살짝만 돌리면 라프론테라 거리에 있는 검문소들이 희미하게 보였다. 그리고 라프론테라에서 조금 더 떨어진 바리오 데 아바호에는 그 지역을 상징하는, 금방이라도 쓰러질 것처럼 칙칙한 집들이 어렴풋이 건너다보였다. 베아트릭스 경감은 그쪽을 바라볼 때마다 가족들 생각에 마음이 조금 울적해졌다.

경감은 종이책을 만들어 근근이 먹고사는 가족을 남겨 둔 채 그곳을 떠났다. 지금도 구닥다리 텔레비전을 볼 정도로 찢어지게 가난한 가족들은 과학 기술을 신봉하며 지나치게 의존하는 사회를 진심으로 안타까워했다. 그러면서 서로의 눈을 바라보는 것을 미덕이라고 생각했다. 남들이 들으면 케케묵은 헛소리라고 비웃을 게 뻔했다.

베아트릭스 경감은 한때 바리오 데 아바호를 지키기 위해 뭉친 민간 방위대 중 하나인 베스티스의 일원이었다. 베스티스가 범죄자들의 소굴이 아닌 건 천만다행이었지만, 난폭한 일에 휘말리는 경우가 많아서 활동하는 동안 부상을 피할 수 없었다. 뺨의 흉터를 비롯해, 몸 곳곳의 갖가지 흉터들이 그 증거였다. 경감은 열아홉 살에 베스티스의 리더가 되었는데, 라프론테라를 거쳐 그란우르베까지 그 명성이 자자했다.

그러나 반대파와의 치열한 싸움으로 결국 경찰에 체포되었다. 파르켓 대령은 유치장으로 찾아와 경찰 조직에 들어올 것을 제안했다. 가난한 사람들로 미어터지는 바리오 데 아바호를 벗어나 라프론테라의 저렴한 집에서 살 수 있을 만큼 월급을 준다는데……. 그런 달콤한 제안을 거절할 사람이 어디 있을까? 치가 떨릴 정도로 고단한 과거였지만 경감은 종종 그 시절이 그리웠다.

그때 뒤에서 경감을 부르는 소리가 들려왔다.

"어이, 베아트릭스. 니콜라스 반장이 자기 방으로 오라던데?"

경감은 곧장 반장의 집무실로 향했다.

니콜라스 폴리카르포는 납치 전담반의 반장이었다. 컴퓨터 모니터에는 그가 끔찍이도 싫어하는 수배자, 킴 티모테이 박사의 사진이 붙어 있었다. 기형의 끔찍한 얼굴은 곳곳이 움푹움푹 파인 데다 갖가지 색깔로 얼룩덜룩해 기괴한 가면을 떠올리게 했다. 한번 보면 결코 머릿속에서 지우기 힘든 얼굴이었다.

니콜라스 반장은 덩치가 크고 인상이 험악해서 경찰보다는 조폭 같이 보였다. 이깨와 가슴이 떡 벌어진 네나 얼굴은 늘 찡그리고 있었으며, 머리카락 한 올 남기지 않고 박박 민 머리는 반짝반짝 윤이 날 지경이었다. 반장은 집무실 안으로 들어오는 베아트릭스 경감의 손을 뚫어져라 보았다. 휴대폰을 들고 있지는 않은지 확인하기 위해서였다. 정숙하지 못하게 주변을 두리번거리거나 마스크를 쓰지 않는 것도 허용하지 않았다. 무엇보다 경감이 뺨에 난 흉터를 뻔뻔하게 드러내 보이고 다니는 것에 질색했다. 경감은 여러모로 반장의 눈에 차지 않는 부하 직원이었다.

"절 찾으셨다고요?"

"자네가 요즘 하고 다니는 일에 책임질 자신이 있나?"

반장이 경감을 쳐다보지도 않고 물었다.

"어떤 일을 말씀하시는 건가요?"

"우리가 마치 아그라마를 의심이라도 하는 것처럼 여기저기 캐묻고 다닌다는 소리가 들리던데?"

"아그라마를 의심하고 있는 건 사실입니다."

"아, 그래? 나는 금시초문인데?"

"반장님이 모르고 계실 리가 없을 텐데요. 우리가 아그라마를 의심스러워하는 이유를 조목조목 정리한 보고서를 이미 다섯 차례나 드렸는걸요."

"우리가 아그라마를 의심스러워한다고? 우리라면 자네하고 또 누구를 말하는 거지?"

"아그라마와 관련 있어 보이는 살인 사건이 벌써 열 건이나 발생했어요."

"그건 자네 혼자 생각이지. 의심스러운 게 하나도 없는 일에 의혹을 제기하는 건 자네뿐이라고."

"아그라마는 최악의 범죄를 저지르는 집단이에요. 어떤 문제든지 해결해 준다고 광고하고, 실제로 수단과 방법을 가리지 않고 모든 문제를 해결해 주고 있지요. 양심이라는 게 없는 사람들이에요. 의뢰받는 일들을 보세요. 다른 나라로 본사를 옮기려고 하는 기업의 살인적인 구조 조정을 떠맡는 게 바로 그들이에요. 엄청난 돈을 받는 대가로 그란우르베의 다국적 기업들부터 라프론테라의 소규모 기관이나 바리오 데 아바호의 초라한 회사들에 이르기까지……, 의뢰인이 요구하는 온갖 더러운 일들을 처리해 준다고요.

아그라마의 고객들은 명목상으로 고장 난 기계를 고쳐 달라거나 정글에서 실종된 직원을 찾아 달라면서 엄청난 돈을 보내죠. 그런데 그 시기에 뜻밖에도 아그라마 고객의 부정한 배우자나 탐욕스러운 동료가 살해당하는 일이 벌어져요. 이런 사건을 담당하는 형사들은 기계 고장이나 실종 사건이 어쩌면 어마어마한 금액 지불을 정당화하기 위한 구실에 불과할지도 모른다고 생각한단 말입니다."

"지금 '어쩌면'이라고 했나?"

"자그마치 열 번입니다! 누군가 아그라마에 거액을 지불한 게 적어도 열 번은 된다는 뜻이에요. 그러면 공교롭게도 아그라마의 고객에게 유리한 살인 사건이 벌어진다고요!"

"하지만 그 상관관계를 증명한 사람은 아무도 없지."

"조사하지 않으니 증명할 길이 없죠."

니콜라스 반장은 베아트릭스 경감을 외면한 채 자기 손을 뚫어져라 바라보았다. 눈에 가득한 살기를 들키기라도 할까 봐 걱정되는 듯이.

"자네가 혼자 파고드는 그 일 때문에 나한테 항의가 들어왔어. 휴대폰 메신저와 이메일이 아주 난리가 났지. 직접 전화까지 해서 따지더군."

누군가 목소리를 내서 직접 따진다는 것은 문제가 그만큼 심각하다는 뜻이기도 했다. 경감은 잠시 입을 다물고 상사가 안정을 되찾기를 기다렸다.

"반장님께 연락해 온 사람이 누구입니까? 아그라마 측 직원이나 대변인인가요?"

"아그라마의 고객들이야."

"아그라마의 대변인도 있겠지요?"

"그래, 아그라마의 대변인도! 그게 뭐 어쨌다는 거야!"

"그렇군요. 속깨나 타는 모양이네요."

경감의 말투가 한결 가벼워졌다. 이제 상대방이 어떻게 반응하는지 살필 여유도 생겼다. 반장은 안절부절못하며 경감이 얼른 밖으로 나가기만을 바라고 있었다.

"아무래도 상황은 우리에게 더 유리한 것 같습니다. 그들에게 진짜로 죄가 없다면 별문제 없을 테고, 그땐 제가 정식으로 사과하지요. 하지만 죄를 지었다면 결국 꼬리가 잡힐 겁니다."

반장이 두 주먹을 불끈 쥔 채 이를 악물고 말했다.

"경감! 지금 계속해서 살인이니 뭐니 하는데, 자넨 납치 전담반 소속이고 납치 사건에 집중해야 한다는 것을 명심해. 사람들을 납치해서 세뇌하는 조직이 있다는 걸 기억하길 바라네. 그자가 우리의 적이고, 그자를 잡는 게 자네가 할 일이야!"

반장은 얼굴이 잔뜩 일그러진 여자의 사진을 가리키며 계속해서 목소리를 높였다.

"킴 티모테이 박사를 벌써 잊은 건 아니겠지? 그 일당들이 휴대폰 중독을 치료한다는 핑계로 청소년들을 납치하고 있어. 대화 중독이니, 게임 중독이니 그런 말도 안 되는 소리를 지껄이면서 아이들을 치료한다며 설치고 다닌다고. 청소년들을 납치해 비밀 장소에 감금한 뒤 뇌가 망가져 의식과 기억을 잃을 때까지 약물을 주입한 다음에 인격이 변할 때까지 심리적으로 조종하고 있단 말이야."

"청소년들을 납치하는 자들이 어쩌면 아그라마일지도 모르죠. 그러니 그들을 더 조사해야 하는 거고요."

"범인은 비밀 결사대 일당들이야. 아그라마가 아니라고! 자네가 찾아야 할 사람은 바로 킴 박사야. 베아트릭스 경감, 자네 문제가 뭔지 아나? 자네는 우리가 선과 진실, 정의를 지키기 위해 이곳에 있다고 믿지. 하지만 그런 건 이 세상에 존재하지 않아. 우리가 일하는 이유는 오직 돈 때문이야. 그리고 상사를 만족시키는 것, 그게 다라고. 그란우르베에서 종교와 이데올로기가 사라진 지 이미 오래야. 왜냐고? 종교와 이데올로기는 이성이나 분별력과는 양립할 수 없기 때문이지. 내 주장이 아니라 보건 당국에서 하는 말이야. 종교와 이데올로기에는 교리가 따르기 마련이고, 그 교리라는 건 광신주의와 독재를 토대로 하고 있다고 말이야."

니콜라스 반장은 가슴이 터질 듯 부풀어 오르는 분노를 억누르기 위해 숨을 크게 들이마셨다. 그러고는 단칼에 이야기를 끝맺었다.

"이제 나가 봐."

"알겠습니다, 반장님."

리더 교체

비밀 결사대를 비난하는 이들은 결사대 대원들을 메신저도 쓸 줄 모르는 네안데르탈인 취급을 했다. 하지만 결사대 리더인 닐 옵스타트는 휴대폰은 물론이고 태블릿과 컴퓨터도 갖고 있었다.

비밀 결사대는 휴대폰 오남용에 반대하며 정부 차원에서 휴대폰과 애플리케이션 사용을 통제해야 한다고 주장했다. 그들의 반대파들은 결사대의 주장이 자유 시장 경제에 반할 뿐만 아니라 정보 통신 산업에 심각한 손해를 입힌다면서 이들의 활동을 불법이라고 비판했다.

비밀 결사대가 네트워크에 접속하지 않는다는 소문도 있지만 사실이 아니었다. 결사대 대원들도 다른 이들처럼 인터넷과 모바일 기기를 능숙하게 사용했다. 다른 점이 있다면 그들은 스스로의 행동에 책임을 질 줄 알았다. 다시 말해서 공격적이거나 폭력적이고 경쟁적인 감정을 부추기는 애플리케이션을 사용하지 않았다. 그저 친구나 지인들과 만날 약속을 잡거나 서로 이야기를 나누는 용도로만 휴대폰을 이용했다.

그들은 또 '가라바토'라고 이름 붙인, 위치 추적을 방해하는 애플리케이션을 사용했다. 정부의 감시를 따돌리기 위해 결사대의 청소년들과 유능한 인재들이 함께 만든 애플리케이션이었다. 사실 모든 차량에는 위치 추적 장치가 달려 있어 경찰이나 트리플우베에 실시간으로 위치가 전송되었다. 그래서 닐이 법원에서 나와 택시에 올라탔을 때, 경찰은 그의 소재를 파악해 비밀 결사대의 근거지를 찾을 수 있을 거라 잔뜩 기대했다. 그러나 가라바토 앱이 택시의 위치를 변경해 알려 준 탓에 닐의 행적을 추적할 수 없었다. 그사이에 닐은 결사대의 비밀 본부에 들러 비상용 배낭을 둘러멘 뒤 친구인 조르드의 집에 무사히 도착했다.

닐은 곧장 집 안으로 들어갔다. 새하얀 대리석 바닥, 투명한 크리스털 장식품, 반짝이는 크롬 도금으로 뒤덮인 호화로운 거실 한쪽, 눈에 잘 띄는 곳에 걸려 있는 200인치 텔레비전에서는 마음을 편안하게 해 주는 미술 작품들의 영상이 흘러나오고 있었다.

조르드와 부모님이 닐을 반갑게 맞아 주었다. 닐과 조르드는 그라피티 사건 이후 처음 재회하는 것이었다. 두 사람은 반갑게 서로를 얼싸안았다. 그란우르베에서는 보기 드문 따뜻한 포옹이 이어졌다. 어른들은 포도주로, 닐과 조르드는 탄산음료를 가득 채운 잔을 들어 건배했다.

"힘들었지? 별일은 없었고?"

"네, 제가 미성년자라 심문도 못 하고 막 대할 수도 없었거든요. 형도 가벼웠어요. 판사님이 연로하신 데다 기술 발전 이전의 시대를 그리워하는 분이어서요. 2년 뒤 법학과에 진학해도 하고 싶었던 입법 관련 공부는 할 수 없게 되었지만, 다른 전공을 선택할 수는 있을 것 같아요. 형법 같은 거요. 다행히 그 분야도 저랑 잘 맞고요. 그런데 문제는……."

늘 긍정적이고 유쾌한 닐이 사뭇 진지한 표정을 지었다.

"경찰이 제 몸에 위치 추적이 되는 칩을 삽입했어요."

최악의 소식이었다. 조르드는 충격을 받아 입을 떡 벌렸다. 닐은 진지하다 못해 엄숙한 태도로 말을 이었다.

"이제부터 경찰이 제 일거수일투족을 감시할 거라는 뜻이에요. 아마 지금쯤이면 가라바토 앱 때문에 제 행방을 놓쳐서 비상일 테죠. 조르드, 내가 집으로 가기 전에 이곳부터 들른 이유를 짐작하겠어?"

닐은 말없이 조르드를 뚫어져라 바라보았다.

"현장에서 물러날 생각이야."

"닐, 그게 무슨 말이야?"

조르드가 걱정이 가득한 얼굴로 물었다.

"나는 이제 비밀 결사대의 리더로 활동할 수 없어. 그래서 작별 인사를 하러 온 거야. 내가 그란우르베에 있는 한 경찰은 사사건건 꼬투리를 잡으려고 덤빌 거야. 온갖 사건 사고에 날 갖다 붙인 뒤, 그걸 이용해서 스마트폰 통제법을 막으려 하겠지. 그러니까 내가 사라지는 편이 나아."

"그래, 나도 같은 생각이야. 다른 방법이 없을 것 같구나."

조르드 아빠가 고개를 끄덕였다.

조르드가 닐의 손을 덥석 잡으며 물었다.

"그래서 어디로 가려고?"

"박사님이 계시는 센터로 갈까 싶어. 그곳에서 날 받아 준다면 휴대폰 중독자들의 재활을 도울 생각이야."

조르드는 아직까지 킴 티모테이 박사를 직접 만난 적이 없었다. 하지만 박사를 거의 신처럼 우러러보는 다른 결사대 대원들과 마찬가지로, 그 이름만 들어도 가슴 한편이 뻐근하게 벅차올랐다. 킴 박사는 컴퓨터에 능통한 과학자로, 한때 트리플우베에서 일했다. 그러나 사람들을 휴대폰으로 조종하고 통제하려는 기업의 정책에 반발해, 그곳의 기밀을 몰래 가지고 나와 결사대를 조직했다. 그 결과, 박사는 현재 수배 중이었다.

"닐, 그러면 여기는? 여긴 누가 맡아? 누가 너를 대신하냐고!"

조르드의 눈빛이 혼란스러운 듯이 마구 흔들렸다. 닐은 조르드를 빤히 바라보더니, 배낭에서 상자를 하나 꺼내 엄숙한 태도로 건넸다.

"너."

"나?"

조르드는 소스라치게 놀랐다. 조르드의 부모님도 놀라기는 마찬가지였다.

"조르드가?"

“그게 최선이에요. 제가 여기에 온 것도 다 그 때문이고요. 조르드, 너에게 리더 자리를 넘겨주려고 해.”

닐은 확신에 찬 목소리로 조곤조곤 설명했다. 그러나 조르드는 선뜻 상자를 받을 용기가 나지 않아 망설였다.

“조르드, 아무리 생각해도 네가 적임자야. 경찰은 아직 널 찾아내지 못했잖아. 넌 그들에게 있어 그저 수많은 휴대폰 사용자 중 한 명일 뿐이야. 블랙리스트에 오르지도 않았고, 피부 안에 칩이 이식되어 있지도 않아. 무엇보다 넌 꽤 많은 시간을 네트워크에 접속하는 중독자잖아. 지금으로서는 네가 우리 조직의 리더로 딱이야. 최소한 의회에서 우리가 요청한 법안을 통과시킬 때까지는 말이지.”

괴로운 표정을 짓고 있던 조르드가 얼떨결에 받은 상자를 열어 보았다. 상자 안에는 비밀 결사대의 리더임을 입증하는 배지를 비롯해, 결사대 규약과 활동 목표, 대원들의 명단, 중요한 자료가 담긴 유에스비, 그리고 전기총이 들어 있었다. 조르드가 공포에 질린 얼굴로 입을 떼려는 순간, 현관에서 초인종이 울렸다.

조르드의 부모님은 주저하는 기색으로 눈빛을 주고받았다.

“이런…….”

조르드 아빠가 먼저 입을 열었다. 그러고는 꼭 맞잡은 두 손을 내려다보며 어렵사리 말을 골랐다.

“사실 손님이 올 예정이었어. 솔직히 말하자면 닐이 여기에 올 걸 알고, 그분들을 모신 거야. 그런데 이제는 닐이 아니라 조르드와 이야기를 나눠야 할 것 같구나. 결사대의 새로운 리더가 되었으니까.”

닐과 조르드는 영문을 몰라 초조한 표정으로 잠자코 기다렸다.

조르드 아빠는 자리에서 일어나 현관으로 성큼성큼 걸어갔다. 인터폰 화면에는 마스크를 쓰지 않은 남자와 여자의 모습이 비쳤다. 그들은 고개를 떨구고 있었다. 남자가 벨을 눌렀을 때 이미 신상 정보기 전달되었다. 식품 조합 유제품 부서의 인사과 부장인 레스터 라미스였다. 신용 등급 또한 최고로 나왔다.

"안녕하세요? 오스카 야누 씨를 만나러 왔어요. 미리 약속이 되어 있습니다."

"네, 얼른 들어오시죠."

거실 텔레비전 화면에 사진 두 장과 일련의 자료가 떴다. 인터폰과 연결된 방범 컴퓨터에 따르면, 손님의 정체는 라미스 부부가 틀림없었다.

그걸 본 순간, 조르드는 숨이 턱 막혔다. 웃어야 할지 울어야 할지 갈피를 잡을 수가 없었다. 도무지 이 상황이 현실처럼 느껴지지 않았다. 손님이 바로, 조르드가 좋아했던 전 여자 친구 아르다 라미스의 부모님이었기 때문이다!

마지막 임무

아르다는 심각한 휴대폰 중독이었다. 휴대폰을 잠시도 손에서 내려놓지 못했다. 조르드 역시 마찬가지였지만, 그나마 닐과 결사대 대원들의 목소리에 귀를 기울인 덕분에 휴대폰에 조종당하는 자신의 모습을 깨닫고 그 끔찍한 상황에서 벗어나기로 마음먹었다. 그러나 좋아하는 아르다를 그 세계에 남겨 두고 혼자 빠져나올 수는 없었다.

조르드는 아르다에게 휴대폰 중독에서 벗어나자는 뜻이 담긴 시를 써 보냈다. 하필이면 휴대폰 메신저로 전했던 게 문제였을까? 효과가 전혀 없었다. 조르드가 그걸 깨달았을 때는 이미 물이 엎질러진 뒤였다.

내 눈을 봐

전에는 스크린만 볼 줄 알았던 너
로봇 같았던 그 눈으로
영혼 없는 좀비 같았던 그 눈으로
이제는 내 눈을 봐
네 눈에 생기가 돌고
네 삶에 생기가 넘치면 좋을 텐데
우리가 인간다운 삶을 살 수 있으면 좋을 텐데

내 눈을 봐
스크린의 포로가 되어 버리기 전에
널 다시 찾고 싶어
그 작은 스크린으로
넌 거짓 세상을 만나지
고통도, 기쁨도, 입맞춤도, 통곡도
탄식도, 아픔도 없는 세상을

내 눈을 봐
기회는 지금뿐
그 거짓 세상에
우리를 위한 자리는 없으니까

아르다는 조르드가 보낸 시 때문에 마음을 크게 다쳤다. 어쩌면 겁이 난 건지도 몰랐다. 혹시나 자기가 웹스 메신저로 그 시를 읽은 사실을 경찰이 알게 될까 봐 두려웠던 건지도. 그래서 조르드에게 화를 내며 길길이 날뛰었다.

"내가 영혼이 없는 것 같아? 죽은 사람처럼 보여? 정말로 내 눈이 좀비 같다고 생각해? 그러면서 어떻게 날 좋아한다고 말할 수가 있어?"

그날 이후, 조르드는 험악한 내용이 담긴 메시지 공격을 받기 시작했다. 친한 친구들은 물론이고, 이름도 모르는 낯선 사람들과 트리플 우베의 직원들이 그를 비난하고 모욕하며 조롱하는 내용의 메시지 폭탄을 날렸던 것이다. 조르드는 평화롭던 과거로 되돌아가기에는 너무 멀리 왔다는 사실을 깨달았다.

그사이에 아르다는 조르드에게 받은 상처를 치유하고 용기를 북돋워 주는 메시지를 연이어 받았다. 자신의 외모를 칭찬하는 아첨에 잠시 기분이 좋았다가도, 조르드가 보낸 모욕적인 시구가 떠오를 때면 또다시 기분이 푹 가라앉았다. 그렇게 아르다가 변덕스러운 나날을 보내는 동안, 조르드는 자신을 향한 멸시와 무례함에 휩싸여 고통스러운 시간을 보냈다.

시간이 흐른 뒤(어쩌면 이 사건을 뒤에서 조종하던 이들이 계획했던 만큼의 시간이 지난 다음에) 조르드와 친했던 웹스 친구들에게서 연락이 오기 시작했다. 그때 조르드는 거의 무너지기 직전이었다. 앱 속 익명의 목소리들은 조르드가 고통의 늪에서 빠져나올 수 있게 구원의 밧줄을 던져 주었다.

그러나 조르드는 그 밧줄이 거짓이라는 걸 알고 있었다. 더 이상 그들의 속임수에 놀아나고 싶지 않았다. 그런데도 닐은 조르드에게 아무 일 없었다는 듯이 계속해서 휴대폰을 사용하라고 조언했다. 또한 트리플우베를 신뢰하는 것처럼 보여야 한다고도 했다. 비밀 결사대가 싸움을 계속하는 데 필요한 일이라고 하면서.

다행히 킴 박사의 도움으로 조르드는 빛의 세계로 들어갈 수 있었다. 감정, 열정, 모험, 창조, 만족, 그리고 기쁨이 존재하는 세계로 탈출한 것이다. 하지만 아르다는 무감각, 복제, 반복, 모방, 그리고 무관심이 지배하는 무의식의 세계로 더 깊이 들어가 버렸다.

그런데 지금, 아르다의 부모님이 조르드네 집을 찾아온 것이다. 그들은 닐을 보고도 전혀 놀라지 않았다. 그저 수심이 가득한 얼굴로 가볍게 인사를 나눈 뒤 거실의 소파에 앉았다. 아르다의 엄마와 아빠는 한때 축산 농장을 크게 운영했다. 그들은 학식이 넓지도 않고 세련되지도 못했으나 식품 조합에서 주목할 정도로 돈을 많이 벌었다. 식품 조합은 합법을 가장한 불법 행위로 그들의 땅을 대부분 빼앗고선 터무니없는 금액으로 나머지 땅마저 사들였다.

결국 아르다 부모님은 바리오 데 아바호로 터전을 옮긴 뒤, 밑바닥에서부터 다시 시작해야만 했다. 그런데 얼마 안 되는 보상금으로 차린 치즈와 요구르트를 만드는 소규모 공장이 그란우르베까지 명성이 자자할 정도로 유명해졌다. 그 덕분에 십 년이 채 지나기도 전에 공장을 세 개나 더 세울 정도로 규모가 커졌다. 그들은 또다시 식품 조합의 주목을 받게 되었다. 이번에는 아르다 아빠가 능력을 인정받으면서 어마어마한 보상금을 받고서 회사를 넘겨주었다. 그에 더해 식품 조합 유제품 부서의 중요한 직책과 높은 보수를 약속받고 살기 좋은 지역으로 이사를 했다.

아르다의 부모님은 기술 혁명이 일어나기 이전의 시대를 살았던 까닭에 휴대폰에 중독된 딸을 보는 게 무척 괴로웠다. 더욱이 그들은 원하는 것을 얻기 위해 무슨 일이든 할 수 있는 강인한 사람들이었기에 정신적으로 나약해진 딸을 지켜보는 것이 더욱 힘겨웠다.

조르드는 한때 가까이 지냈던 그들의 마음을 누구보다 잘 이해했다. 조르드가 아르다와 사귈 무렵에는 두 집안 사람들이 꽤 자주 어울렸다. 파티와 여행을 비롯해 각종 행사에 함께 참석했고, 정치나 철학을 주제로 깊이 있는 의견을 나누었다.

몸에 꼭 맞는 최신 유행 양복을 차려입은 채 불편한 자세로 앉아 있던 아르다 아빠가 마침내 입을 열었다.

"조르드, 아르다가 너무 걱정돼서 네 부모님과 이야기를 나눴어. 너랑도 예전에 휴대폰 중독에 관해 이야기를 나눈 적이 있었지? 그때는 네 생각에 동의할 수가 없었어. 네가 문제를 과장한다고 생각했거든. 하지만 지금은 생각이 달라졌어. 아르다는……, 뭐라고 해야 할지 모르겠네. 걘 지금 사람 꼴이 아니야. 우리와는 말 한마디 하지 않아. 아니, 그 누구와도 말을 안 해. 공부도 안 하고. 휴대폰 외엔 그 어떤 것에도 관심이 없어."

아르다 아빠는 무슨 말을 보태야 할지 몰라 망설이며 아내를 바라보았다. 화려한 블라우스를 입고 반짝이는 보석으로 치장한 아르다 엄마가 입을 열었다.

"이런 중독을 치료하는 사람이 있다고 들었어. 휴대폰에 지나치게 의존하는 습관을 고쳐 준다던데. 그걸 뭐라고 하더라?"

"디지털 디톡스요."

조르드가 대답했다.

"그래, 그거. 아무래도 네가 그쪽 사람을 알고 있을 것 같아서 찾아온 거야."

조르드와 닐은 조심스럽게 눈을 마주쳤다. 이런 일에는 매우 신중해야 했다.

그때 조르드 아빠가 끼어들었다.

"이분들은 휴대폰을 갖고 오지 않았어. 지하 주차장으로 들어왔으니 감시용 드론에 얼굴이 찍히지도 않았을 거야. 이분들이 여기에 있는 걸 그 누구도 알지 못해."

"우린 적이 아니야. 그저 절망에 빠진 부모일 뿐이지."

아르다 아빠가 하소연하듯이 말을 이었다.

"너희가 다른 아이들에게 해 줬던 것처럼, 우리 아르다도 휴대폰 중독에서 벗어날 수 있게 도와줬으면 좋겠어. 그 앤 지금 유령이나 다름없어. 수천 킬로미터나 떨어져 있는 낯선 사람들과는 대화하면서 우리와는 한 마디도 안 해. 가상의 친구들은 많은 것 같은데 진짜 친구는 단 한 명도 없지. 그 아이에게 우리는 그저 투명 인간일 뿐이야."

조르드가 망설이면서 운을 뗐다.

"우리가 그분과 연락할 수 있냐고 물으셨죠? 네, 연락할 수 있어요."

"그럼 우리 아르다도 치료할 수 있을까?"

조르드는 감정에 북받쳐 머리가 핑핑 돌 지경이었다. 만약 아르다가 휴대폰 중독에서 벗어난다면, 둘의 관계도 예전으로 돌아갈 수 있을지 모른다는 생각이 들었던 것이다. 그 무엇보다 간절히 바라던 일이었다. 조르드는 닐을 흘낏 쳐다본 다음에 다시 아르다의 부모님을 바라보며 고개를 끄덕였다.

"네, 치료할 수 있어요."

아르다 엄마가 흠칫 놀란 표정을 지었다. 남편과는 달리 확신이 서지 않는 듯했다.

"어떻게? 어떤 방식으로 치료하는 거야?"

아르다의 부모님은 두려움과 불안함이 뒤섞인 복잡한 감정을 고스란히 내보였다.

"개별 치료와 그룹 치료가 있어요."

이번에는 닐이 나서서 전문가처럼 설명을 이어 갔다.

"일반 학교에서처럼 수업도 받고 운동도 해요. 다만 그곳에서는 발표나 토론 수업이 훨씬 많아요. 객관식 시험이 아니라 논술 시험을 보게 되고요. 그리고 더 많이 읽게 될 거예요."

"읽는다니……, 뭘?"

"책이요."

"교과서 말이니?"

"소설이요. 종이책으로 된 소설을 읽어요."

"종이책이라고?"

아르다 아빠가 놀라서 되물었다. 요즘 세상에 종이책을 보는 사람은 거의 없으니……. 그럴 만했다.

"책을 읽은 뒤에는 반 친구들과 토론을 많이 하게 될 거예요. 서로 이야기를 주고받으면서 친구를 사귀는 거죠."

"휴대폰 친구가 아니라 진짜 친구 말이야?"

"휴대폰은 사용 금지예요."

"휴대폰을 아예 압수하는 거니? 우리 아르다는 그게 없으면……."

아르다 엄마가 사태의 심각성을 깨닫고 괴로운 표정을 지었다.

"그래야만 해요."

"그러면 의사소통은 어떻게 하지? 요즘 아이들은 모두 메신저로 대화를 하잖니?"

"상대방에게 직접 말을 해야죠."

"다른 아이들과 같이 있지 않고 방에 혼자 있을 때는?"

"그땐 의사소통을 할 필요가 없죠."

"그런 상황을 견딜 수 있을까?"

"익숙해질 거예요."

"아르다를 어떻게 설득해야 할까? 그 애는 휴대폰 중독이 병이라고 생각하지 않거든."

아르다 아빠가 걱정스런 표정으로 물었다.

"그건 걱정하지 마세요. 아르다가 휴대폰 중독에서 벗어나길 바라신다면 저희를 믿고 다 맡기셔야 해요. 얼마간 기숙 학교에서 지내면서 특별 수업에 참여하면 새로운 사람이 되어 집으로 돌아갈 거예요."

"새로운 사람? 어떻게 변한다는 거지?"

"자기 자신에게 집중하고 만족하는 사람, 휴대폰 따위는 필요 없는 사람이 되는 거예요. 세상을 보는 눈이 달라져요. 호기심을 갖고 열린 마음으로 세상을 바라보게 되는 거죠. 새사람이 되어 행복하게 센터를 나올 거예요."

"행복? 그걸 어떻게 느낄 수 있지?"

아르다 아빠가 의아해하며 물었다.

"다른 사람의 눈을 똑바로 바라볼 수 있게 되면 비로소 알게 될 거예요."

아르다의 부모님이 서로의 눈을 바라보았다. 그러고는 간절한 눈빛으로 조르드와 닐, 조르드의 부모님을 차례차례 보았다. 거기에 있는 모두가 서로의 눈을 바라보고 있었다.

마침내 아르다 엄마는 결심이 선 듯이 고개를 끄덕였다.

"조르드, 잘 부탁해. 네가 아르다를 얼마나 소중하게 생각하는지 우린 잘 알아. 너도 그 애가 휴대폰 중독에서 벗어나길 바랄 테지."

조르드는 아르다가 휴대폰 중독에서 벗어나면 예전처럼 자신을 다시 좋아하게 될지도 모른다는 생각을 하면서 닐을 물끄러미 바라보았다. 그러나 닐의 눈에 담긴 것이 확신인지, 아니면 불안인지 알 길이 없었다.

"내가 잘해 낼 수 있을까?"

조르드가 닐에게 물었다. 긍정의 대답을, 말하자면 닐이 자기를 전적으로 믿는다는 말을 듣고 싶었다. 그러나 닐은 원하는 대답을 해 주지 않았다.

"쉽지는 않을 거야. 지금껏 무슨 일을 하려 할 때마다 적들이 늘 한 발 앞서 나갔으니까."

"알아, 한 번도 쉬운 적이 없었다는 거. 우리는 수적으로도 열세고 나이도 어린 데다 경험도 없지. 그래도 지금까지 우리의 뜻을 잘 펼쳐 왔잖아. 나, 잘하고 싶어."

조르드가 의욕적으로 말했다. 닐은 알 수 없는 표정으로 조르드를 바라보더니 천천히 입을 열었다.

"이번에는 나도 도울게. 어차피 센터로 갈 계획이었으니까. 아르다를 센터까지 데려가는 일을 맡을게. 그란우르베에서 맡는 마지막 임무가 될 거야."

아르다 구출 작전

"아르다, 이거 조르드네 집에 좀 가져다줄래? 조르드 물건인데 이젠 돌려줘야 할 것 같아."

"네."

아르다는 엄마 말에 무심코 고개를 끄덕였다.

식탁 위에는 주황색 테두리가 있는 초록색 배낭이 놓여 있었다. 새로운 휴대폰 애플리케이션의 장점 중 하나를 꼽으라면, 아이들을 고분고분 말 잘 듣게 만든다는 것이다. 휴대폰에 집중하느라 다른 일에는 신경 쓸 겨를이 없기 때문이었다. 아르다는 가방을 집어 들고 현관문을 나서다가 정신이 번쩍 들었다. 그 자리에 멈춰 서서 엄마에게 다시 물었다.

"지금 저한테 조르드네 집에 다녀오라고 하셨어요? 그러다가 개랑 마주치기라도 하면 어떡해요?"

아르다 엄마는 대수롭지 않다는 듯이 대꾸했다.

"피하면 되지 뭐가 문제야? 혹시 만나거든 쳐다보지 말고 그냥 무시해. 아무 말도 하지 마. 어차피 조르드 엄마가 현관문 앞에서 기다리고 있을 테니까 가방만 전해 드리고 곧장 집으로 오면 돼."

아르다는 더 이상 말대꾸하지 않은 채 엄마 말을 따르기로 했다. 누가 대신 결정해 주는 게 편했다. 뭔가를 스스로 생각하고 고민한 뒤 결정할 시간에 차라리 휴대폰과 노는 게 더 좋았다. 아르다는 이어폰을 귀에 꽂고 음악을 들으며 길을 나섰다. 그리고 앱을 켜서 단어 만들기 게임을 시작했다. e에 t를 더해 te가 되게 하고, 이어서 ten을 만든 다음에 또다시 a를 눌러 aten을 만들었다.

아르다는 다른 사람들처럼 마스크로 얼굴을 가린 채 서둘러 길을 걸었다. 보도는 휴대폰에 집중하는 보행자들이 발목을 접질리지 않고 편하게 통행할 수 있도록 설계되었다. 그 덕분에 아르다 역시 휴대폰에 시선을 고정하고도 걷는 게 전혀 불편하지 않았다. 아까 만든 글자에 다시 e를 더해 eaten이라는 단어를 완성했다. 그와 동시에 띵디리리링, 띵딩. 벨 소리가 울리면서 50점을 얻었다.

단어를 완성해 벨 소리가 울리면 게임 속 아이가 행복한 듯이 꺄르르 웃었다. 그러나 실수를 하거나 게임을 중단하면 구슬프게 울었다. 그 울음소리는 게임을 또 시작하기 전까지 결코 멈추지 않았다. 앱을 종료하는 동안에도 끈질기게 울렸다. 마치 앱을 사용하는 사람을 감시하는 것처럼.

조르드네 집은 그리 멀지 않은 곳에 있었지만 찌는 듯한 더위 때문에 조금만 움직여도 땀이 났다. 아직 4월이지만 날은 몹시 더웠다. 올해 겨울은 고작 1월 한 달뿐이었고, 2월부터는 기온이 계속 상승해서 이미 여름 같았다. 무자비하게 내리쬐는 햇빛에 길게 늘어진 그림자는 땀으로 흠뻑 젖은 진짜 몸보다 더 탄탄해 보였다. 볕이 어찌나 뜨거운지 아스팔트가 부글부글 끓는 소리가 들리는 듯했다.

안전을 중시하는 도시의 철학을 반영해 보도는 넓고, 도로를 오가는 자동차 수는 적었다. 아르다는 게임에 열중하며 계속 걸었다. 휴대폰 화면에 a가 나타나자 f와 n을 차례대로 눌러서 fan을 완성했다. 띵디리리링, 띵딩. 신호등이 나오면 휴대폰 화면에서 잠시 눈을 떼고 어디까지 왔는지, 파란불이 켜졌는지 확인만 하면 그만이었다. 사고를 방지하는 감지기와 제동기가 장착된 무인 자동차들은 모두 같은 속도로 일정한 거리를 유지한 채 안전하게 달렸다.

아르다는 다른 사람들처럼 휴대폰에 집중하면서 누구와도 부딪치지 않고 잘도 걸었다. 횡단보도를 건너서 조르드네 집 앞에 도착하자 정말로 조르드 엄마가 현관문 앞에서 기다리고 있었다.

"아르다, 오랜만이야. 잠시 들어왔다 갈래?"

"아니에요, 괜찮아요. 이걸 전해 드리려고 왔어요."

"마침 나도 줄 게 있으니까 잠깐만 들어와."

아르다는 마지못해 집 안으로 들어갔다. 조르드 엄마는 가방을 받자마자 어딘가로 사라졌다. 아르다는 잠깐 사이에 또다시 게임에 빠져들었다. 득점을 알리는 소리와 아이의 웃음소리가 이어지는 순간,

그 공간에 혼자가 아니라는 것을 깨달았다. 고개를 들어 보니 조르드가 서 있었다.

"안녕, 아르다?"

날렵한 외모에 자연스럽게 흐트러진 머리카락. 한때 아르다가 좋아했던 그 조르드였다.

아르다는 심장이 쿵쾅쿵쾅 뛰고 이마에 핏대가 섰다. 얼굴이 화끈거릴 정도로 열이 나고 눈물이 핑 돌면서 다리 힘이 풀렸다. 입을 벙긋거렸지만 아무 말도 나오지 않았다. 화가 불쑥 치밀었다. 조르드가 왜 여기에 있는 거지? 이렇게 가까운 곳에서 내 눈을 똑바로 바라보면서? 아르다는 조르드를 만나도 쳐다보지 말고 아무 말도 하지 말라던 엄마의 말을 퍼뜩 떠올렸다. 그래서 재빨리 뒤돌아 나가려고 하자 조르드가 아르다의 어깨를 붙잡았다.

"아르다, 나야. 조르드라고!"

아르다는 소리를 고래고래 지르면서 그곳을 뛰쳐나가려 했다. 그러나 목소리가 나오지 않았다.

"네가 여기에 온 건 다 이유가 있어. 내 말 좀 들어 봐."

아르다는 아무것도 알고 싶지 않았다. 그저 빨리 조르드로부터 달아나고 싶을 뿐이었다. 그때 아르다의 휴대폰에서 남자아이 울음소리가 터져 나왔다. 게임 대기 시간이 길어져 알람이 울린 것이다. 달랠 길 없는 구슬픈 울음소리는 패닉 상태에 빠진 아르다에게까지 전염되어 불안감을 증폭시켰다.

"아르다, 난 아직도 널 좋아해. 널 좋아하지 않은 적이 단 한 번도 없어. 네 문제만 해결되면 우린 다시 예전처럼 잘 지낼 수 있어!"

조르드가 아르다를 진정시키려고 애쓰면서 빠르게 말했다.

아르다는 신경이 바짝 곤두서 벌벌 떨었다. 그제야 무슨 일이 벌어진 건지 조금씩 이해되기 시작했다. 이 모든 상황은 자기 몰래 교묘히 계획된 게 분명했다.

"무, 무슨 문제?"

아르다가 더듬거리며 물었다.

"휴대폰 중독……."

아르다는 더 이상 가만히 듣고 있을 수가 없었다. 비밀 결사대가 자신을 납치하려는 모양이었다. 목숨과도 같은 휴대폰과 자신을 억지로 떼어 놓으려는 것이었다. 아르다는 소리를 지르며 문을 향해 달렸다.

"싫어!"

하지만 문 앞에 닿기도 전에 조르드에게 손목을 붙잡혔다.

"아르다, 제발! 지금 네 모습을 좀 봐. 이건 정상이 아니야. 진짜 네가 아니라고!"

조르드가 울먹이며 사정했지만 아르다는 더 크게 소리를 질렀다. 휴대폰 속 남자아이의 울음소리도 점점 커졌다.

"그래서 그런 쓰레기 같은 시를 지어 보냈어? 내가 로봇 같다고? 좀비 눈 같다고? 너한테 그런 말 따윈 듣고 싶지 않아!"

아르다는 얼굴이 새파랗게 질릴 때까지 소리를 질러 댔다. 이대로 두었다가는 더 큰일이 벌어질지도 몰랐다. 조르드 엄마가 재빨리 다가와 만일의 사태에 대비해 갖고 있던 마취제를 사용했다. 아르다의 다리가 푹 꺾이면서 쓰러지려는 찰나, 조르드가 잽싸게 받아 안았다. 조르드는 아르다를 안고서 바닥에 무릎을 꿇고 앉아 울부짖었다.

"제발 도와주세요!"

그 순간에도 아르다의 휴대폰 속 남자아이는 요란하게 울어 댔다.

조르드 아빠와 닐이 서둘러 달려왔다.

"조르드, 잘했어."

닐이 어깨를 다독였지만 조르드는 대답할 기운도 없었다. 힘없이 쓰러진 아르다를 보니 계속해서 눈물만 나왔다.

조르드 엄마가 아르다의 휴대폰을 집어 들고 단어를 입력하자 아이의 울음소리가 뚝 그쳤다. 조르드 엄마는 앱이 사용자의 이상을 감지해 위험 신호를 전송하지 않도록 게임을 이어 갔다. 그사이 조르드 아빠와 닐이 아르다를 부축해 방으로 옮겼다. 조르드 엄마가 아르다와 옷을 바꿔 입는 동안에는 닐이 게임을 이어서 했다. 비장한 분위기 속에서 득점을 알리는 소리가 경쾌하게 울려 퍼졌다.

잠시 후, 조르드 엄마는 아르다의 옷으로 갈아입고 가발까지 쓰고서 밖으로 나왔다. 체구가 비슷해서 얼굴만 들키지 않으면 될 듯했다. 조르드 엄마는 아르다의 휴대폰을 들고 현관문을 나섰다. 휴대폰에 얼굴을 박고 걸으면 감시용 드론을 속일 수 있을 터였다. 하지만 복병은 의외의 곳에 있었다. 단어 만들기 게임이 익숙지 않아 어떤 글자를 입력해야 할지 몰랐던 것이다. 휴대폰 화면에 su가 뜨자 뜸을 들이다가 s를 눌러 sus를 만들었지만 더 이상 진전이 없었다. 조르드 엄마는 갑자기 불안해졌다. 이런 실수 때문에 정체가 발각되면 모두가 위험해질 터였다. 고민 끝에 o를 눌러 suso를 만들자 득점을 알리는 소리가 울렸다. 그런 단어가 있는지조차 몰랐지만 일단 위기를 벗어난 것만으로도 감지덕지였다. 그런데 그때 문자 알림음이 울렸다. 화면에는 제라드라는 아이가 보낸 메시지가 떠 있었다.

제라드 : 지금 어디야?

조르드 엄마는 아르다인 척하며 답장을 보냈다.

아르다 : 앗! 밖에 있다가 집에 가는 중.

제라드 : 만날래?

아르다 : 오늘은 별로야. 몸이 안 좋아서 집에 있으려고.

제라드 : 사회 시험공부 같이하면 좋을 텐데.

아르다 : 공부를 많이 못 해서 너한테 도움이 안 될 것 같아.

조르드 엄마는 아르다네 집을 향해 서둘러 걸었다.

그 시각, 조르드와 아빠, 그리고 닐은 아르다를 지하 주차장으로 옮겨 차에 태웠다. 초록색 가방도 함께 실었다. 가방 속에는 아르다 엄마가 미리 챙겨 둔 옷과 소지품이 들어 있었다.

닐이 무인 자동차의 내비게이션에 도착 지점을 입력했다. 센터의 위치를 아는 사람은 닐뿐이었다. 혹시나 경찰의 추적을 받게 되면 따돌리기 위해 이동 경로를 복잡하게 설정했다. 가라바토 앱을 실행시

켜서 감시용 드론과 경찰, 그리고 트리플우베를 감쪽같이 속일 계획이었다.

닐은 조르드 아빠와 조르드에게 작별 인사를 했다. 조르드는 여전히 충격이 가시지 않았는지 불안해 보이는 얼굴로 소심하게 입을 열었다.

"닐, 나도 센터가 어디에 있는지 정도는 알아야 할 것 같아."

닐은 조르드가 그렇게 말하는 이유를 잘 알았다. 아르다의 치료가 끝나자마자 만나러 오고 싶을 터였다. 하지만 위험 부담이 너무 큰 데다, 조르드는 아직 닐만큼 결사대로시의 경험이 많지도 않았다.

"아니, 그건 안 돼. 조르드, 너도 알잖아. 트리플우베가 이 일을 알게 되면 수단과 방법을 가리지 않고 덤빌 거야. 고객을 빼앗기는 걸 견디지 못하는 자들이니까. 그들은 아르다 부모님이 내린 결정은 물론이고, 휴대폰 중독을 치료한 이들이 하는 이야기도 받아들이지 못해. 더욱이 우리 같은 청소년들이 그들에 맞서는 건 질색하지. 이번에 일이 어그러지면 우리가 상상하는 것보다 훨씬 더 무서운 이빨을 드러낼 거야."

사악한 음모

웹스는 트리플우베가 만든 대표적인 메신저로, 대부분의 사람들이 사용할 정도로 엄청난 점유율을 자랑했다. 그런데 이 메신저에는 특이한 기능이 있었다. 사용자가 친구 목록에 추가한 이들 가운데 35% 이상은 트리플우베에서 만든 가상의 인물들이었다. 이들은 사용자와 함께 게임을 했고, 새로운 뉴스를 연신 퍼다 날랐으며, 흥미로운 이야깃거리를 꾸며 냈다. 그뿐이 아니었다. 골치 아픈 문제를 겪는 가상의 친구들을 만들어 재미있는 일화를 들려주기도 했다.

또 사용자들과 수시로 대화하면서 도움을 주고받았는데, 이 과정에서 사용자들의 기호와 취향을 은밀하게 파악했다. 이렇게 획득한 정보를 바탕으로 사용자에게 딱 맞는 애플리케이션을 제공하고, 그들의 성향에 맞는 이들과 친구가 될 수 있도록 주선했다. 한 마디로 맞춤형

서비스를 제공해 사용자들의 메신저 의존도를 높이는 역할을 했다.

웹스 속 가상 인물들이 보내는 메시지는 트리플우베 본사 18층에 있는 '아미고'라는 이름의 컴퓨터에서 자동으로 생성되었다. 아미고는 사용자들을 자극하고 대화를 이끌었으며, 웹스 메신저에 의존하도록 만들었다.

오늘 오후 6시 50분경, 아미고는 네트워크에 접속 중인 수백만 명의 사용자 가운데 한 명에게서 평소와 다른 변화를 감지했다. 사용자의 휴대폰 게임이 갑자기 중단되어서 게임 속 남자아이가 한참이나 울음을 터뜨린 것이다. 그 휴대폰은 즉시 특별 관찰 대상이 되었다. 시간이 흐르면서 이상한 점이 더욱더 확실히 드러났다. 휴대폰이 다시 활발하게 작동했지만 메시지에 답하는 방식이 이전과는 확연히 달랐던 것이다. 아미고는 제라드라는 가상 인물을 만들어 사용자에게 메시지를 보냈다.

제라드 : 지금 어디야?

사용자가 곧바로 답장을 보냈다.

아르다 : 앗! 밖에 있다가 집에 가는 중.

그 휴대폰 사용자는 지금까지 '앗!'이라는 말을 쓴 적이 단 한 번도 없었다. 아미고는 또다시 메시지를 보냈다.

제라드 : 만날래?

아르다 : 오늘은 별로야. 몸이 안 좋아서 집에 있으려고.

아미고는 이질적인 대답이 나오자마자 메인 서버에 경보 신호를 보냈다.

제라드 : 사회 시험공부 같이하면 좋을 텐데.

아르다 : 공부를 많이 못 해서 너한테 도움이 안 될 것 같아.

그 대답이 결정적인 단서가 되었다. 원래 사용자라면 그런 식으로 대답하지 않으리라는 것을 통계 데이터가 알려 주었다. 트리플우베 본사 17층에 있는 메인 서버에 긴급 메시지를 보냈다.

곧 이상 신호가 감지된 그 휴대폰이 아르다 라미스의 소유라는 것이 파악되었다. 아이는 식품 조합 유제품 부서의 인사과 부장인 레스터 라미스의 딸이었다. 위치 추적 결과, 휴대폰 단말기가 오랜 시간 동안 집 안에서 꼼짝도 하지 않았다. 뭔가 수상했다. 9시 3분에는 급기야 신호가 완전히 사라져 버렸다. 전원을 아예 꺼 버린 것이다.

트리플우베는 아르다의 휴대폰 전원이 꺼지기 전 몇 시간 동안, 그 지역의 감시용 드론이 촬영한 영상을 확인했다. 드론에는 아르다가 그란우르베 중심지 중에서도 가장 부촌인 바리오 데 라방카의 한 집에서 나오는 모습이 녹화되어 있었다. 잠시 후 그곳에서 그리 멀지 않은 자신의 집까지 걸어가는 모습이 포착되었다.

이상하게도 그 후 아르다는 집 밖으로 한 발자국도 나오지 않았다. 심지어 다음 날 학교에도 가지 않았다. 학교 측에 아르다가 결석한 이유를 묻자, 부모로부터 딸이 공부에 집중하기 위해 기숙 학교에 들어갔다는 답변을 들었다고 전해 왔다. 하지만 아르다의 휴대폰이 전원이 꺼진 채 집 안에 있는 것으로 확인되었기 때문에 의심은 더욱 증폭되었다. 트리플우베는 전 세계에 배치되어 있는 통제실에 아르다의 납치 소식을 전했다.

트리플우베의 사장 빅토르 발레리 발렌딘은 오늘도 머리끝부터 발끝까지 온통 빨간색으로 치장했다. 머리카락까지 빨간색으로 염색했는데, 심지어 마스크까지 빨간색으로 착용했다. 그는 턱을 치켜들고 두 손을 책상 위에 가지런히 올린 채 바위처럼 꿈쩍 않고 앉아 있었다. 그 모습이 흡사 지옥문을 장식하는 무시무시한 조각상 같아 보였다.

빅토르 사장은 평화로운 집무실에서 두 눈을 감은 채 명상에 잠겼다. 사사로운 감정과 느낌을 지우기 위해서는 온몸의 감각을 다 차단해야 했다. 아무것도 느끼지 않기 위해서는 그 무엇도 생각해서는 안 되었다. 육체의 무감각을 통해 최고의 무의식, 다시 말해 열반 혹은 그 비슷한 것에 이를 수 있으니까.

그러나 온 힘을 다해 집중해도 온전히 명상에 잠기기란 쉽지 않았다. 트리플우베의 사장으로서 많은 책임을 짊어지고 있었고, 끊임없이 벌어지는 사건 사고에 내몰려 있었기 때문이다. 그럼에도 수행을 포기할 수는 없었다. 그의 건강 상담사가 오직 거리 두기와 마음 비우기를 통해서만 신중함과 현명함의 극치에 도달할 수 있다고, 입에 침이 마르도록 강조했기 때문이다.

사장실에는 그 흔한 스크린이 하나도 없었다. 컴퓨터나 텔레비전, 태블릿, 아니 휴대폰도 없었다. 빅토르 사장은 거대 통신 회사 사장임에도 과학 기술에 의존하지 않았다. 비록 다른 이들을 중독의 길로 이끌어 돈을 벌었지만, 자신은 기기와 네트워크에 의존하는 것이 불행하다는 사실을 빤히 알았다. 물론 그 위험에서 벗어나는 방법 또한 잘 알고 있었다.

한편, 트리플우베의 부사장 우그 크론카이트는 사장실 앞에 도착하기 직전까지 17층의 메인 서버에서 보내온 정보를 휴대폰으로 읽으며 보고할 내용을 재차 확인했다. 부사장은 만성 알레르기 때문에 두 눈이 늘 벌겋게 충혈되어 있었다. 연신 재채기를 하고 콧물을 훌쩍거리면서 목에서는 가래 끓는 소리를 냈다.

부사장은 사장실에 들어가기 전에 휴대폰의 전원을 꺼서 주머니에 넣고 마스크도 벗었다. 사장은 직원들이 휴대폰을 끼고 사는 것과 얼굴을 가리는 것을 좋아하지 않았기 때문이다. 부사장이 사장실의 문을 조심스럽게 두드렸다.

"들어오세요."

스피커에서 사장의 목소리가 울렸다.

장발에 넝마 같은 옷차림을 하고 나타난 부사장이 요란하게 재채기를 하면서 정신을 쏙 빼놓는 통에, 빅토르 사장은 명상을 멈출 수밖에 없었다. 사장은 눈을 부릅뜨고 얼굴을 찌푸렸다. 불쾌함이라는 신랄한 감정이 솟구치는 바람에 애써 명상까지 한 보람이 없어져 버렸다.

"사장님, 납치 사건이 일어났습니다."

부사장이 눈치를 보면서 먼저 입을 열었다.

빅토르 사장은 그 소식이 달갑지 않았다.

"납치 사건이라……."

"사건의 전말은 거의 파악되었습니다. 아르다 라미스라는 여자아이가 오스카 야누의 집에서 납치되었는데요. 아이의 휴대폰을 사용하면서 집을 나선 사람은 그 집의 고용인이나 야누의 부인으로 추측됩니다. 아르다인 척 위장한 사람은 레스터 라미스의 집으로 갔다가 지하 주차장에서 무인 택시를 타고 야누의 집으로 돌아갔습니다. 택시를 특정했지만 승객이 휴대폰을 가지고 있지 않아 신원을 파악하지 못했습니다."

"납치 사건에 그 애의 부모가 연관되었다는 뜻이군."

"오스카 야누는 우리 회사 직원입니다. 저장 유통 운송부 소속이지요."

"그래? 그렇다면 당장 월급부터 올려 줘."

"네?"

"그래야 나중에 쫓겨났을 때 자기가 뭘 잃었는지 똑똑히 알 것 아닌가? 두 배로 올려 줘."

"네, 알겠습니다."

"이번 납치 사건은 뭔가 심상치 않아."

사장은 몸을 홱 돌려서 책상 위에 있던 그릇을 낚아채듯이 집어 들었다. 그러고는 빨간 마스크를 휙 벗은 뒤 그릇에 든 아몬드를 탐욕스럽게 씹어 먹었다.

"통계에 따르면 대중들은 휴대폰 중독을 치료하겠다면서 이런 식으로 벌인 납치 사건에 제법 우호적이야. 이게 다 아이들이 중독에서 벗어나 얼마나 놀라운 변화를 보였는지 그 부모들이 앞다투어 떠들어댄 탓이지. 판결이 무거우면 여론은 납치범들을 옹호하고, 반대로 판결이 가벼우면 납치의 유용론을 들고 나서지 않나?"

"그렇다면 이번 사건은 외부에 알리지 말까요?"

"그래야지. 이대로 가다간 스마트폰 통제법이 통과될지도 모르는 상황이니까. 이번 사건을 비밀 결사대에게 최대한 불리하게 만들어야 해. 그러려면 그들을 어리석은 미치광이들처럼 보이도록 꾸미는 게 좋겠어. 우린 자유를 수호하는 사람들이고, 그들은 법을 위반한 범죄자들이야. 인류의 발전을 가로막고 신념을 위해서라면 무슨 짓이든 벌일 수 있는 파렴치한들이지. 중독자들의 정신 건강 따위는 안중에도 없고 오로지 우리를 망하게 하는 방법을 찾는 데만 혈안이 되어 있는 것처럼 대중들이 믿게끔 만들어야 해. 그들이 바라는 것과 정반대의 결과로 이어지도록 교묘하게 손을 써야 한다고."

그 말을 끝으로 한동안 침묵이 이어졌다. 사장은 아몬드 그릇을 물끄러미 바라보며 생각에 잠겼다.

"납치 사건과 관련된 소문……. 그래, 소문은 충분히 조작할 수 있지. 새로운 방법을 찾아야 해. 경찰을 따돌리고 우리가 직접 행동에 나서는 거야. 그들이 우리의 고객을 어디로 빼돌렸는지부터 알아내야 해."

"병원을 비롯해 각종 요양 시설, 그리고 학교와 학원까지 전부 샅샅이 조사했지만……."

"다시 조사해 봐!"

"사실 아직 보고 드리지 못한 게 하나 있어요. 조사 중인 사항인데 꽤 진전이 있었습니다. 우리 유능한 직원이 알아낸 정보에 따르면 중독자 치료 센터와 그란우르베의 활동가들이 조만간 서로 연락을 주고받을 거라고 합니다. 지금으로서는 유선 전화기를 이용하는 것으로 추측됩니다만."

"유선 전화기? 요즘 세상에 그런 걸 이용하다니. 하지만 우리에게 접근 권한이 없잖아. 정부도 내심 스마트폰 통제법이 승인되길 바라는 마당에 도움을 받을 수도 없고."

"방법이 있습니다."

"유선 전화망을 감시할 방법 말이야?"

부사장은 뜸을 들이며 숨을 한 번 들이마신 다음에 자신 있는 목소리로 대답했다.

"네, 방법이 있습니다."

"위치 추적도 할 수 있나?"

"통화 내용은 알 수 없지만, 송신인과 수신인의 정확한 위치를 알아낼 수는 있습니다."

"좋은 소식이군. 아주 좋은 생각이야. 그 직원은 늘 이렇게 일을 잘하나?"

"네, 사장님. 중독자 치료 센터를 찾아낸 뒤 '최면' 프로그램을 사용하면 어떻겠느냐고 제안하기도 했습니다."

"최면?"

"전에 말씀드린 적이 있는데 혹시 기억하시나요?"

"다시 말해 봐."

부사장은 요란하게 재채기를 하더니 숨을 가다듬으며 대답했다.

"굉장히 유용한 프로그램입니다. 이전의 실험 결과들을 봤을 때 앞으로 상품화해도 손색이 없을 정도예요. 이대로라면 신제품을 출시할 수 있을 것 같습니다."

귀가 솔깃해지는 이야기였다. 사장은 신제품 출시라는 말에 관심을 보이며 눈썹을 약간 치켜떴다.

"최면 효과가 있기 때문에 '최면'이라는 이름을 붙이고 싶은 애플리케이션입니다. 이 앱을 이용하면 멀리 있는 사람의 행동을 조종할 수 있습니다. 다섯 명의 여자아이에게 시범적으로 사용해 보았는데, 그야말로 결과가 환상적이었습니다. 낮에는 명령이 제대로 먹히지 않았지만, 저녁이 되자 더할 나위 없는 결과를 보였습니다. 우리가 요구한 걸 그들이 정확히 따랐거든요."

"그래서 어떻게 사용하는 거지?"

"마음을 편안하게 해 주는 배경 음악을 깔고, 예쁜 영상 위에 의미 있는 문구들을 띄워 반복해서 보여 주거나 감미로운 목소리로 들려주는 겁니다."

사장은 좀 더 구체적으로 말해 보라는 듯이 고개를 끄덕여 보였다.

"이를테면 이런 문구들이죠. 거울을 볼 때는 보고 싶은 것이 아니라 보이는 것을 봐야 한다. 혼자가 될 것이 아니라 혼자 있는 법을 알아야 한다."

사장은 그제야 이해한 듯이 즉흥적으로 말했다.

"지루해할 것이 아니라 지루하게 지내는 법을 알아야 한다. 가고 싶은 방향으로 나아가되 시선은 늘 앞을 보라. 그런 유의 문장 말이지?"

"네, 그런 의미 없는 문구를 보여 주는 거지요. 원하는 것을 얻으면 더 큰 걸 바라게 될 것이다!"

부사장이 신이 나서 넛붙이자 사장도 맞장구치듯이 대꾸했다.

"죽음이 당신을 찾아왔을 때 아무것도 안 하고 있다면, 죽을 때가 되었다는 뜻이다!"

두 사람은 웃으며 서로 주거니 받거니 말했다.

"승리에 대한 것도 생각해 봐!"

"겉으로 승리했어도 속으로 실패했다면 결코 만족하지 못할 것이다."

그들은 요란하게 웃음을 터뜨렸다. 부사장은 코를 팽 풀더니 새어 나온 눈물과 콧물을 옷에 슬쩍 닦았다.

"이런 시답잖은 문구 가운데 구체적인 명령을 넣어 두면, 제대로 자극을 받은 사용자가 로봇처럼 복종한다는 걸 실험을 통해 확인했습니다. 특히 휴대폰 중독자들에게 효과가 있었습니다. 잘 알려져 있듯이 중독자들은 자신을 방어할 힘과 의지가 없으니까요."

"좋아! 하지만 '최면'은 아니야."

빅토르 사장이 만족스러운 듯이 활짝 웃으며 고개를 끄덕였다.

"네?"

"알파든 베타든 감마든, 어떤 이름을 다 갖다 붙여도 되는데 최면이라는 이름은 안 돼."

우그 부사장이 코를 훌쩍이며 되물었다.

"이유가 있을까요?"

"최면을 걸기 위한 프로그램이라고 적들에게 대놓고 알릴 셈이야? 살인이 목적인 프로그램을 살인자나 살인범이라고 부르는 것과 뭐가 달라!"

빅토르 사장은 책상 위에 놓인 잡지를 건성으로 훑어보며 말을 이었다.

"그나저나 이런 걸 생각해 낸 그 직원은 보통이 아니군. 아주 훌륭해. 우리가 심각한 위협에 맞서고 있다는 걸 누구보다 잘 이해하고 있어. 아무래도 조치가 필요할 것 같군. 그자를 당장 해고한 뒤 바리오데 아바호로 보내서 비참한 노동자로 살게 해. 그렇게 잘났다면 다시 일어나서 그곳을 빠져나오겠지. 우린 기다리면 돼. 그자를 다시 받아줄지 말지는 그때 가서 결정하자고."

우그 부사장은 하도 당황해서 대답도 못 한 채 고개만 끄덕인 다음 휘청이며 문 쪽으로 향했다. 곧바로 주머니를 더듬으며 휴대폰을 찾는데 사장이 다시 입을 열었다.

"아, 마지막으로 하나만 더. 킴 티모테이 박사가 아이들을 세뇌할 때 약물 치료도 한다지, 아마?"

사장이 어찌나 험악한 표정을 짓던지, 우그 부사장은 해고당할까 봐 두려워 손을 덜덜 떨었다. 재채기가 나오려는 것을 가까스로 참으며 주머니에서 휴지를 꺼내 코를 팽 풀었다.

"내 생각에는 그들이 우리 제품에 반감을 품게 만드는 약물 같은 걸 그 가여운 아이들에게 주입할 것 같단 말이지. 만일 약물 과다 복용으로 아이가 의식을 되찾지 못하기라도 하면 정말 끔찍할 거야. 안 그래?"

우그 부사장의 얼굴이 공포로 하얗게 질렸다.

"그러니까 죽을 수도 있다는 말씀이시죠?"

"정말 끔찍하지 않나? 어쨌든 약물 과다 복용으로 아이가 죽는다면 여론이 그들에게서 순식간에 등을 돌릴 거야. 생각해 봐. 납치범들은 살인범으로 재판을 받을 거고, 세상은 우리 편이 되겠지. 더도 덜도 말고 딱 한 명만 죽으면 돼. 예쁘고 천진난만한 여자아이가 좋겠어. 그런 일이 생기면 의회에서도 스마트폰 통제법을 결코 승인하지 않을 거야. 우그, 자네 생각은 어때? 내가 하는 말이 허무맹랑하게 들려?"

"아니, 아닙니다, 사장님. 그럴 리가요!"

"그럼 중독자 치료 센터인지 뭔지의 위치를 알아내자마자 아그라마에 전달해."

"네?"

"우리 협력 업체 아그라마 말이야. 뭐든 해결해 준다는 그들에게 알리라고."

"네, 그럼요. 그래야죠."

우그 부사장은 사장실을 빠져나오자마자 요란하게 재채기를 했다. 마치 죽다 살아난 듯한 기분이었다.

악몽 같은 하루

아르다가 의식을 되찾은 뒤 맨 처음 본 것은 괴물같이 끔찍한 얼굴이었다. 악몽에나 나올 법하게 잔뜩 일그러진 얼굴 곳곳은 여러 색깔로 물들어 얼룩덜룩했다. 그런데 그 기괴한 얼굴이 이상하리만큼 사랑스럽고 따뜻한 미소를 지었다.

“아르다, 안녕? 난 킴 티모테이 박사야. 만나서 반가워. 이곳에 온 걸 진심으로 환영해. 좀 혼란스럽겠지만 지금 네 눈에 보이는 게 진짜 현실이야. 복잡하고 모순되고 어지러운. 그동안 너에게 익숙했던 세상이 오히려 비현실적이지. 늘 예측 가능한 데다 그지없이 단조롭고 활기나 놀라움이라곤 전혀 없는 세상……. 이제부터 넌 훨씬 더 복잡하고 흥미로운 세상을 발견하게 될 거야.”

“제 휴대폰 주세요.”

아르다가 불안하고 슬픈 얼굴로 말했다.

"아르다, 내 얼굴이 왜 이런지 궁금하니?"

"제발 휴대폰 좀 주세요."

"내 얼굴이 왜 이렇게 됐는지 알고 싶니?"

"네……."

아르다는 자기가 호의적인 태도를 보이면 박사 역시 그럴지도 모른다고 기대하며 억지로 대답했다.

"열다섯 살 때였어. 얼굴에 반영구적인 화장을 해야겠다고 마음먹었지. 입술은 빨갛고, 눈꺼풀은 파랗고, 아이라인은 까맣게. 거기에 광대뼈가 도드라져 보이도록 볼 터치도 좀 하고……. 정말 기발한 생각이라고 굳게 믿었어. 하지만 부모님이 노발대발하면서 반대하셨지. 그러니까 반항심이 생겨서 더 하고 싶더라고. 무작정 타투 가게를 찾아갔어. 타투이스트는 자기가 유명해질 기회라고 생각했는지 내 요구를 기꺼이 받아들였지. 그러고는 잡다하게 색을 섞은 잉크를 마구잡이로 주입했어. 불행히도 내 피부는 엄청난 부작용으로 망가져 버렸지. 놀란 타투이스트는 그길로 달아나 영영 자취를 감춰 버렸고.

뺨은 온통 습진으로 뒤덮였고, 눈꺼풀은 부풀어 올라 눈을 뜰 수조차 없었어. 눈밑에는 이렇게 커다란 주머니 같은 게 늘어지듯이 매달리게 됐고, 입술은 부어서 혹처럼 톡 튀어나왔지. 얼굴 곳곳이 갖가지 색으로 물들면서 마치 가면을 쓴 것처럼 되었지 뭐니? 이렇게 만신창이가 된 얼굴을 고치겠다고 선뜻 나서는 성형외과 의사는 한 명도 없더라. 어느새 나는 병원을 찾아 헤매는 것도, 검사를 받는 것에도 지쳐 버렸어. 병원에서는 내 피부에 근원적인 문제가 있어서 어떤 치료나 수술로도 효과를 볼 수 없을 거라고 했지. 그들은 입을 모아 피부에 심각한 알레르기 반응을 일으키는 원인을 찾아야 한다고 했어. 아직 그 누구도 연구한 적 없는 돌연변이일지도 모른다고 하면서. 그때 누군가 그러더군. 환경 오염 때문에 이런 돌연변이가 갈수록 흔해질 거라고.

이 모습을 있는 그대로 받아들이고 익숙해지기까지 무척 힘들었어. 하지만 결국 해내고 말았지. 내가 왜 마스크 뒤로 숨지 않는지 아니? 이게 바로 내 현실이니까. 다른 사람들이 좋아하든 싫어하든, 이게 나 자신이라고 당당히 말할 수 있어야 하니까. 나는 거짓뿐인 가상 세계에서만 소통하면서 평생을 스크린 뒤에 숨어서 지내고 싶지는 않거든."

아르다는 결국 울음을 터뜨렸다. 그나마 박사가 건네는 다정한 말과 손길 덕분에 조금씩 안정이 되었다.

그 후 며칠 동안 아르다는 따뜻한 보살핌을 받았다. 하지만 여전히 휴대폰을 요구했고, 조르드 생각이 날 때마다 분노를 쏟아 냈다.

"조르드는 배신자예요! 날 이곳에 보냈잖아요. 당장 휴대폰을 돌려줘요! 휴대폰이 없으면 살 수가 없다고요!"

다행히 시간이 지날수록 아르다는 점차 마음을 가라앉혔다. 자신이 처한 상황에 적응을 한 건지 포기를 한 건지는 알 수 없었다. 마침내 박사는 아르다에게 센터에 있는 다른 아이들을 소개해 주었다.

햇볕이 잘 드는 휴게실에는 검은색 칠판만 덩그러니 놓여 있었다.

아르다는 불안한 표정으로 휠체어에 힘없이 앉아 있었다. 모든 것이 너무 낯설었다. 열네 명의 아이들과 알마 선생님이 아르다를 기다리고 있었다.

"얘들아, 새 친구 아르다 라미스야. 아르디야라고 불러도 돼. 모두 반갑게 맞아 줘."

박사의 말이 끝나기가 무섭게 아이들이 아르다 곁으로 우르르 다가왔다.

'안 돼. 제발! 다가오지 마. 내 몸에 손대지 마!'

아르다는 기겁하며 속으로 비명을 질렀다.

"아르디야, 이름 참 예쁘네."

"예쁘게 생겼어!"

"아르디야가 나람쥐라는 뜻이지? 이름처럼 날쌜 것 같아."

아이들이 한꺼번에 들이대며 인사를 하는 통에 아르다는 몹시 불안했다. 너무 많은 눈이 자신을 바라보고 있었다. 지나치게 따뜻한 체온이 가까이에서 느껴졌고, 마스크를 쓰지 않은 입들이 동시에 말을 쏟아 내 혼란스러웠다. 아르다도 마스크를 끼지 않고 있었다. 그래서 부끄럽고 수치스러웠다. 입을 가리지 않다니, 금방이라도 구역질이 나올 것 같았다. 다들 자기 입만 바라보는 듯했다.

이 아이들과 이야기를 나누고 상냥하게 굴어서 인정을 받아야만 할 테지. 하지만 그들은 조만간 아르다의 결점을 발견하게 될 것이다. 아르다는 자신이 바보처럼 느껴졌다. 할 말이 없는 데다 뭘 해야 할지도 몰랐다. 아이들과의 만남이 조금도 기쁘지 않았다.

"다들 마스크는 왜 안 써?"

아르다는 머뭇거리다가 가까스로 입을 열었다.

"여긴 공기가 깨끗해서 그런 거 필요 없어."

박사가 아르다를 안심시켰다.

"이야기할 때 입술을 움직이는 거나 미소 짓는 모습을 보는 게 좋잖아, 안 그래?"

잘생긴 남자아이가 씩 웃으며 말했다.

"여기에서 자원봉사하는 아이들도 마스크는 안 써. 마스크를 쓰면 입을 꾹 다물고 있던 시절로 돌아갈 것만 같아서."

아르다는 억지로 고개를 끄덕이며 아이들을 둘러보았다. 빨간 머리카락에 파란 눈동자를 반짝이는 주근깨투성이 여자아이와 각진 얼굴에 커다란 눈동자가 돋보이는 남자아이가 차례로 눈에 들어왔다. 아르다는 아이들에게 미소를 지어 보였다. 너무나 혼란스러워서 울음이 터지기 일보 직전이었지만, 억지로라도 웃어야 한다는 생각이 들었다. 지금 이 순간, 그 무엇보다도 휴대폰이 간절했다. 하지만 그런 말을 꺼내서는 안 된다는 걸 잘 알고 있었다.

아이들은 한때 휴대폰 중독이었지만 이제는 모두 극복했다고 말했다. 아르다를 기꺼이 도와주겠다고 하면서 휴대폰 너머의 진짜 세상을 만나면 모든 게 이전보다 더 좋아질 거라고 장담했다. 휴대폰은 새장처럼 사람들을 가두고 혼자 갇혀 살게 만든다면서.

아르다는 아이들의 이야기를 들으며 생각에 잠겼다. 어쩐지 다 부질없는 소리처럼 들렸다. 휴대폰을 사용하던 때도 분명히 자신의 삶을 살았으니까. 그저 삶의 방식이 달랐을 뿐이다.

그 삶은 아르다를 지금처럼 부정하거나 시험하지 않았다. 아, 그 어느 때보다 절실하게 휴대폰이 필요했다. 이대로 있다가는 감정을 제어하지 못하고 미친 듯이 소리를 지를 것만 같았다.

그때 빨간 머리 여자아이가 아르다에게 다가오더니 어색하게 미소를 지으며 말을 걸었다.

"안녕, 아르다?"

"안녕."

아르다는 굳어 버린 입술을 가까스로 떼었다. 그러고는 미소를 지으려고 애를 써 보았지만 끝내 실패하고 말았다. 또다시 눈물이 쏟아질 것 같았다. 사람들 앞에서 울음을 터뜨리다니, 상상만으로도 끔찍했다.

"비엔나, 아르다를 그냥 내버려 둬. 지금은 안정이 필요해."

"하지만 누군가는 진실을 얘기해 줘야 해요."

알마 선생님이 충고했지만 비엔나는 고집을 피웠다.

"아르다, 내 이름은 비엔나야. 너무 걱정할 것 없어. 지금 네가 겪고 있는 걸 이미 우린 다 겪어 봤거든. 우리도 너처럼 불안하고 두려웠지만 친구들이 도와줬어. 그러니까 우릴 믿어. 너를 잘 돌봐 줄게. 여기에서 서로의 얼굴과 눈을 바라보는 법을 배우게 될 거야. 처음에는 겁이 나고 불안하겠지. 왠지 모르게 수치스러워서 말이 제대로 나오지도 않을 거고."

아르다의 눈에 눈물이 가득 고였다.

"비엔나, 아르다를 너무 몰아붙이지 마!"

눈동자가 큰 남자아이가 끼어들었다.

"아르다, 비엔나 말은 흘려들어도 돼. 늘 부정적인 면에만 초점을 맞추거든. 언어가 표현하는 것 너머엔 몸과 마음이 전하는 중요한 메시지가 있어."

"메신저나 이메일을 쓸 땐 불안감이 생기지 않잖아? 왜 굳이 서로 얼굴을 보면서 대화를 해야 하는 거야?"

아르다가 겁먹은 표정으로 따지듯 물었다.

그때 다른 남자아이가 아르다에게 성큼 다가왔다. 에메랄드빛 눈동자가 따뜻하고 너그러워 보였다. 입가에는 긴장감이 서려 있었지만, 왠지 좋은 말을 해 줄 것 같은 인상이었다.

"아르다, 노력하는 게 지치고 힘들 거야. 가끔은 눈물이 나기도 할 거고. 하지만 충분한 보상을 받게 될 거야. 혹시 나, 기억해?"

남자아이가 아르다의 손을 잡았다. 아르다는 아이를 뚫어져라 바라보았다. 그제야 기억이 났다. 남자아이는 조르드의 친구였다. 파티에 함께 간 적이 있었다.

"닐……?"

"그래, 닐 옵스타트야. 이제 기억나?"

"응, 기억나!"

아르다는 어쩌면 전후 사정을 잘 아는 닐이 자신의 마음을 이해해 줄지도 모른다고 기대했다.

"닐, 조르드는 배신자야."

"그렇지 않아."

닐이 침통한 표정으로 대꾸했다.

"아니야, 날 배신했어!"

"아르다, 그런 말 하지 마. 조르드는 널 좋아해. 네가 행복하길 바란다고."

"하지만 그 애가 날 억지로 이곳에 보냈잖아."

"네가 행복해지길 바라서야. 나도 마찬가지고. 아르다, 휴대폰에 집착하거나 의존하지 않고도 행복했던 시절로 돌아가야만 해."

닐의 말에는 묘하게 설득력이 있었다. 자신이 행복하길 바란다는 말을 믿고 싶었다. 아르다는 눈을 꼭 감은 채 어린 시절을 천천히 떠올려 보았다. 잠시 후 눈을 떴을 때는 모두가 미소를 지은 채 자신을 바라보고 있었다.

은밀한 제안

베아트릭스 경감은 출입문 앞에서 지문을 인식한 뒤 경찰청 안으로 들어갔다. 베이지색 비옷을 입고 중절모를 쓴 모습이 마치 옛날 탐정 영화에나 나올 법한 주인공처럼 보였다. 납치 전담반에 들어서자마자 뭔가 일이 벌어졌다는 것을 직감했다. 삼삼오오 모여서 컴퓨터 모니터를 들여다보는 이들이 있는가 하면, 반장의 집무실에서 급히 뛰어나오며 손짓하는 상사를 서둘러 따라가는 이들도 있었다.

경감은 동료들과 건성으로 인사를 주고받으면서 분위기가 심상치 않다고 느꼈다. 마치 자기만 쏙 빼놓고 시작된 파티를 엿보는 듯한 기분이 들었다. 새로운 납치 사건이 벌어진 게 분명했다. 전에도 여러 번 작전 준비를 해 보았기에 이런 상황은 꽤 익숙했다.

경감은 모자를 벗고 반장의 집무실로 들어갔다.

"반장님, 혹시 납치 사건이 벌어졌나요?"

반장은 컴퓨터 모니터를 뚫고 들어갈 듯이 노려보며 대꾸했다.

"아직 확실치 않아. 신고가 들어온 건 없고, 현재로서는 그저 소문일 뿐이지."

소문에 불과하다고 하기엔 다들 지나칠 정도로 흥분해 있었다.

"로저가 사건의 지휘를 맡았어."

"로저가요?"

이상한 일이었다. 로저는 납치 전담반에 합류한 지 얼마 되지 않아서 경험이 전혀 없었기 때문이다. 경감이 따지듯이 물었다.

"그럼 저는요?"

"자네한테는 다른 일을 맡길 생각이야. 이 일에선 빠져."

"어떤 일이요?"

"나중에 말해 줄 테니 잠시 대기해. 지금은 좀 바빠서……."

경감은 입술을 꾹 깨물었다. 자신에게 따로 맡길 일이 있을 리 없었다. 그저 사건에 관심 갖지 않도록 둘러대며 따돌리는 게 분명했다. 경감은 불만을 감출 생각이 없었다. 콧방귀를 낀 뒤 반장의 집무실을 나왔다.

그러고는 책상 앞에 앉아 생각에 깊이 잠겼다. 어쩌면 아그라마를 건드린 탓에 벌을 받는 건지도 몰랐다. 아그라마는 고객들의 요구에 따라 살인까지 저지른다는 혐의가 있는데도, 반장은 아그라마 대변인이 항의한 것에 더 신경을 쓰며 전전긍긍했다. 거대 통신 회사인 트리플우베가 아그라마와 종종 협업을 한다는 사실을 보고한 날에는 자신을 크게 나무라기까지 했다.

그런데 비밀 결사대의 주도하에 납치 사건이 벌어졌고, 신고가 접수되지 않았음에도 경찰은 비상 상황에 돌입했다. 보나 마나 트리플우베와 모종의 합의를 한 게 분명했다. 트리플우베는 무슨 일을 벌일 속셈일까? 경감은 이 수수께끼를 풀기 위해서는 아이들을 데려가는 센터의 위치를 파악하는 게 급선무라고 생각했다. 직접 발로 뛰어 누구보다 먼저 그곳을 찾아내리라고 마음먹었다.

그날 오후, 니콜라스 반장은 그란우르베의 한 공원 벤치에 앉아 휴대폰으로 왭스 메신저를 보고 있었다. 그 옆에서는 긴 머리카락을 커튼처럼 얼굴 위로 늘어뜨린 채 파란색 마스크를 쓴 남자가 휴대폰 게임에 열중하고 있었다. 만성 알레르기 때문에 온몸을 들썩이며 재채기를 하는 그 남자의 정체는 바로 우고 크론카이트 부사장이었다. 두 사람은 서로 모르는 척하면서도 주위를 경계하며 대화를 이어 갔다.

우고 부사장은 비밀 결사대 대원들도 당연히 휴대폰과 왭스 메신저를 사용할 거라고 생각했다. 그러나 블랙리스트에 오른 아이들 중 그 누구도 센터로 의심되는 병원이나 요양원, 혹은 그 비슷한 기관으로 연락을 취하는 것이 포착되지 않았다. 아무래도 트리플우베의 감시망을 피해 다른 방식으로 소통하는 게 분명했다. 현재로서는 유선 전화가 가장 유력했다. 이제는 범죄 조직에서조차 사용하지 않는 이 구닥다리 통신 수단은 현재 정부 산하의 기관에서 관리하고 있었다. 문제는 정부가 스마트폰 통제법의 승인을 바라고 있기 때문에 트리플우베에게 도움이 될 만한 정보를 제공하지 않는다는 데 있었다.

니콜라스 반장이 최대한 입술을 움직이지 않으며 말했다.

"이번 납치 사건을 신고한 사람이 한 명도 없으니 경찰이 나설 명분이 없어요."

"반장님, 제 말뜻은 그게 아니에요."

우그 부사장이 요란하게 재채기를 한 뒤 주머니를 더듬거리며 휴지를 찾았다.

"비밀 결사대가 유선 전화로 소통하고 있으니 그걸 찾아 달라는 겁니다. 그리고 원하는 게 있으면 다 말씀하시고요."

잠시 동안 침묵이 흘렀다. 두 사람은 각자 휴대폰에 집중한 채 한숨을 내뱉었다. 우그 부사장은 간간이 재채기를 하며 코를 훌쩍였다.

"좋아요. 원하는 걸 말하죠."

마침내 반장이 우그 부사장의 제안을 받아들였다. 반장은 숨을 크게 들이마신 뒤 다시 입을 열었다.

"천만 유로."

우그 부사장이 주저 없이 대답했다.

"이렇게 합시다. 이천만 유로를 드리죠. 천만은 반장님의 몫, 나머지 천만은 우리에게 협조하는 정부 측 인사의 몫으로 쓰세요. 아니, 금액을 어떻게 나눌지는 알아서 하셔도 됩니다. 대신에 트리플우베의 경호실장 직책을 맡는 건 어떨까요?"

니콜라스 반장은 어마어마한 액수에 놀라서 입이 쉽사리 떨어지지 않았다. 가까스로 고개를 끄덕여 제안을 받아들였다.

"아! 그리고 조건이 하나 있어요. 베아트릭스 우앙가 경감은 이 작전에서 완전히 제외하세요."

반장이 어리벙벙한 표정으로 우그 부사장을 빤히 쳐다보았다.

"이유를 물어봐도 될까요?"

"그 사람은 너무 정직해요. 반장님 말마따나 믿음직하고 성실하지요. 이상과 신념에 따라 행동하는 사람이니까요. 그런데 그런 성향은 우리가 해야 하는 일에 아무 도움이 되지 않아요. 그렇지 않나요?"

반장은 그 말에 동의하듯이 머리를 끄덕였다.

"베아트릭스 경감은 이미 이 일에서 제외했어요. 하지만 해고할 수는 없어요."

두 남자는 다시 입을 꾹 다물고 고개를 떨군 채 각자의 휴대폰에 집중하기 시작했다.

말장난

센터에서는 학교에서처럼 수업을 했다. 그런데 그 방식이 아주 독특했다. 발표나 토론 방식으로 계속해서 말을 하게끔 유도했다. 바깥세상의 학교에서는 주로 '내가 필요한 것을 인터넷에서 어떻게 검색해서 찾는가?' 하는 걸 배웠다. 암기 과목은 극히 적었다. 온갖 문제들에 대한 정답은 오로지 인터넷 검색으로 찾아냈다. 선생님들도 거의 말을 하지 않았다.

반면에 센터에서는 뇌를 활성화하는 데 혈안이 되어 있었다. 1교시는 근육 강화를 위해 체육 수업을 했고, 그다음 수업에서는 뇌세포를 활성화한답시고 줄곧 떠들어 댔다. 수학 시간조차 공식을 입증하고 이해하기 위해 서로 줄기차게 대화를 나누었다.

학생들은 마치 어린아이처럼 끊임없이 질문했다. 이건 왜 이렇고,

저건 왜 그런지에 대해 선생님이 일일이 대답해 주었다. 마치 모든 것에는 다 이유가 있다는 듯이 깊게 파고들었고, 생각을 거듭한 뒤에는 서로의 눈을 바라보면서 이야기를 나누었다.

아르다는 그걸 견디기가 힘들었다. 금방이라도 폭발해 버릴 것만 같았다. 아이들의 이야기에 아무 관심이 없었다. 그래서 태블릿을 터치하듯이 손가락으로 책상 위를 타닥타닥 두드리며 머릿속으로 단어 만들기 게임에 푹 빠져 있었다. a에 w를 더해 wa를 만들고 r을 더해 war가 되게 한 다음 끝에 n을 넣어 warn을 만들었다. 이것은 다시 warns, warned로도 바꿀 수 있었다. 하지만 t를 넣으면? warnt라는 글자도 있을까? 그런 것에라도 집중해야만 했다. 그러지 않으면 이런 기막힌 상황을 만든 배신자 조르드 생각에 분노가 치밀어 참을 수가 없었다. 아르다는 조르드가 몹시 원망스러웠다. 그 애가 지어서 보낸 시는 또 어찌나 끔찍하던지!

그 순간, 아르다의 눈에 다른 아이들과 적극적으로 대화하는 닐의 모습이 들어왔다. 닐이 농담을 하자 아이들이 깔깔대며 웃었다. 아르다는 닐이 에메랄드빛 눈을 반짝이면서 나직한 목소리로 그 시를 읊어 주면 어떨까, 하는 생각을 하다가 깜짝 놀라서 고개를 저었다. 또다시 분노가 솟구쳤다. 이번에는 막을 수가 없었다.

"이건 미친 짓이에요."

아르다가 작지만 분명한 소리로 말하자 사람들이 놀라서 빤히 쳐다보았다.

"아르다, 방금 뭐라고 했니?"

선생님이 묻자 아르다가 사납게 외쳤다.

"왜 휴대폰을 주지 않는 거예요? 세상 사람들 모두 휴대폰으로 소통한다고요! 내 유일한 기쁨을 어째서 마음대로 빼앗는 거죠?"

"정확히 말하면 휴대폰이 너의 유일한 기쁨이기 때문이야. 너에게 기쁨이 단 하나가 아니라 수천, 수만 가지가 될 수 있도록 도와주려는 거고."

"싫어요. 수만 가지나 되는 기쁨 따위 필요 없다고요. 다들 여기에 처박혀서 계속 떠들기만 하잖아요. 틈만 나면 의미 없는 말장난이나 하고. 아버지가 방에 들어가신다는 건지, 아버지 가방에 들어가신다는 건지. 몸만 들어오면 되는지, 몸 만들어 오면 되는지……, 그딴 거 다 모르겠다고요. 추론이고 뭐고 정말 지긋지긋해요!"

아이들은 모두 감탄한 표정으로 아르다를 바라보았다. 조금씩 얼굴에 미소가 번지는가 싶더니, 아르다가 '정말 지긋지긋해요!' 하고 내뱉는 순간 웃음소리와 함께 박수가 터져 나왔다.

"뭐야? 다들 왜 이래?"

"아르다, 너 말장난 끝내주게 잘한다."

"미리 생각한 거야? 아니면 즉흥적으로 떠올랐어? 뭐가 됐든 대박이다, 너!"

아이들은 아르다를 빙 둘러싸고 칭찬을 마구 퍼부었다. 닐은 말없이 아르다를 바라보면서 입 모양으로 잘했다고 말했다. 아르다는 닐의 칭찬이 기뻤다. 어쩐 일인지 자기 자신이 자랑스럽게 느껴졌다. 그것은 아주 오랫동안 느껴 보지 못한 감정이었다.

꿈꿀 자유를 찾아서

베아트릭스 경감은 비밀 결사대의 뒤를 캐기 위해 닐 옵스타트의 집부터 찾아갔다. 닐의 부모님은 건물과 지붕을 만드는 사업을 크게 일으킨 뒤 제법 많은 돈을 받고 건축 조합에 사업체를 넘겼다. 그 덕분에 더 이상 일을 하지 않고도 평생 먹고살 수 있을 만큼 막대한 부를 쌓았다. 경감은 그들이 돈을 모을 줄 아는 영리한 사람들이라고 생각했다.

초인종을 누르자 닐의 아빠가 직접 문을 열어 주었다. 그란우르베의 중심가에 살면서도 집안일을 돌봐 주는 사람을 들이지 않은 모양이었다. 기골이 장대한 닐의 아빠는 여유로운 태도로 경감을 맞이했다. 수상한 점이라곤 조금도 찾아볼 수 없었다.

거실은 자연을 담은 그림 액자들로 장식되어 있었다. 산과 강, 계곡, 폭포, 호수, 목장 등의 풍광이 꽤 독특했다. 사람도 건물도 없이 오직 자연과 대기에 색을 입힌 작품을 보고 있으려니 현기증이 날 지경이었다. 오직 자연뿐이라는 듯, 문명이니 개발이니 하는 것들이 완전히 배제된 작품들은 비장한 분위기마저 내뿜었다. 거실 한편에 있는 텔레비전 화면에서도 꽃밭을 비롯해 가을 숲을 담은 사진이 번갈아 가며 나타났다. 최신 유행과는 거리가 먼, 지나치게 사실적인 사진들이었다.

닐 부모님의 차림새 또한 평범하지 않았다. 손수 지어 입었다고 해도 믿을 만큼 바느질 솜씨가 엉성했는데, 어딘지 모르게 청결하면서도 품위가 있어 보였다. 무엇보다 그들의 친절하고 느긋한 태도가 인상적이었다. 눈 한 번 깜박이지 않고 빤히 바라보았는데도 불편해하기는커녕 자연스럽게 눈을 맞추었다. 게다가 경감의 얼굴에 난 흉터를 보고도 아무렇지 않은 듯이 대했다.

세 사람은 낮은 탁자를 사이에 두고 폭신한 소파에 앉아 간단하게 인사를 나누었다.

"납치 전담반 소속 베아트릭스 우앙가 경감입니다. 이 댁 아드님과 이야기를 좀 나누고 싶어 왔습니다."

닐의 아빠가 온화하게 미소를 지으며 대답했다.

"안타깝지만 그건 어려울 것 같네요. 닐은 지금 여기에 없거든요. 이제 우리랑 같이 살지 않아요."

그러고는 그림 액자 쪽을 힐끗 보자 경감도 같은 방향을 쳐다보았다.

"직접 그리셨어요?"

"그럴 리가요. 바리오 데 아바호에서 작업하는 화가의 그림이에요. 이따금 오지에 가서 직접 본 풍경을 몇 점 그려서 싼값에 팔거든요. 그림을 그려서 부자가 되고 싶지는 않다고 하는 괴짜예요. 예술 조합의 관심을 받아 사업을 크게 벌이는 것도, 그란우르베에 억지로 끌려오는 것도 다 싫다더군요."

경감은 닐의 아빠가 화가를 두둔하는 게 의아했지만 더 이상 캐묻지 않고 본론으로 들어갔다. 닐의 엄마가 준비해 온 차를 잔에 따랐다.

"닐은 왜 집을 떠난 거죠?"

"원래 젊은이들이 그렇지 않나요? 집을 훌쩍 나서서 바깥세상을 둘러보고는 사나흘 뒤쯤 아무 일 없었다는 듯이 돌아오잖아요. 그러다 그 주기가 점점 길어지고요. 삼 주 뒤에 돌아오다가 그다음엔 석 달 뒤, 그러고는 영영 돌아오지 않죠. 더 좋은 세상을 찾아서 자기 삶을 살 권리가 있으니까요. 닐은 독립심과 모험심이 아주 많은 아이거든요."

"더 좋은 세상이요? 그런 곳이 존재하긴 할까요?"

"경감님의 그 신랄한 말투가 마음에 드네요."

"아드님과 연락은 하시나요?"

"옛날에는 집을 떠난 가족의 소식을 몇 년이 지나서야 겨우 들을 수 있었어요. 지금처럼 온갖 통신 기기로 연결되어 있지 않았으니까요. 그런데 닐과 어떤 이야기를 하고 싶으신 거죠?"

"비밀 결사대에 관한 이야기를 물어보려고요."

"그 애를 체포하려는 건 아니군요?"

"그럼요. 아드님의 피부에는 위치 추적 칩이 이식되어 있는걸요. 경찰에게는 필요한 경우에 언제든지 아드님과 이야기를 나눌 수 있는 권한이 있어요."

"글쎄요, 과연 그럴까요?"

"만일 달아나거나 숨어 버린다면 수배가 내려질 거예요. 샅샅이 뒤져서 결국 찾아낼 겁니다. 경찰에 잡힐 때까지 아드님은 도망자 신세가 될 거고요."

"실제로 일어난 사건으로 자백을 받아 내야 할 경우가 아니고서야 그럴 리는 없겠죠. 게다가 경감님은 닐을 체포하려고 여기에 온 것도 아니잖아요?"

"그럼 이 뉴스는 어떻게 생각하시나요?"

베아트릭스 경감이 자신의 태블릿 화면을 터치해 최근에 방영된 뉴스를 보여 주었다. 바리오 데 라방카에 있는 이층짜리 단독 주택의 현관 앞에 선 기자가 납치 사건 소식을 전했다. 믿을 만한 정보통에 따르면, 최근 비밀 결사대에게 납치된 아이는 라미스 부부의 딸이라나? 그 사실을 확인하기 위해 기자들이 모여든 것이었다.

"저희도 뉴스를 봤어요."

닐의 엄마가 화면에서 시선을 떼지 않고 말했다.

이윽고 아르다의 아빠가 현관문을 열고 나오는 모습이 보였다. 식품 조합의 유제품 부서 인사과 부장인 그는 집에서 입는 가운 차림에 마스크도 쓰지 않은 채였다.

"레스터 씨! 따님이 비밀 결사대에게 납치되었다는 게 사실입니까?"

닐의 부모가 텔레비전 뉴스에 집중하는 사이, 경감은 액자들을 유심히 관찰했다. 여섯 개의 그림 중에서 세 개의 그림에 폭포가 그려져 있었다. 시원하게 물줄기가 쏟아지고 있었는데, 각각 다른 각도에서 그린 동일한 폭포 같았다. 폭포 오른편의 울창한 숲과 독특한 형태의 산꼭대기 역시 세 개의 그림에 똑같이 등장했다. 굽이진 산 정상 역시 네 개의 그림에서 발견되었다. 그러니까 모든 그림이 같은 풍경을 다른 각도에서 그린 셈이었다.

경감은 그중 가장 큰 그림을 휴대폰 카메라에 담은 뒤 닐의 아빠에게 물었다.

"라미스 부부를 아시나요?"

"닐과 같은 학교에 다니는 친구의 부모님이에요. 여기서 그리 멀지 않은 곳에 살지요."

닐의 아빠가 고개를 끄덕이며 덧붙여 말했다.

"아르다라는 딸이 있고요."

"다들 그 애를 아르디야라는 애칭으로 부르지요."

이번에는 닐의 엄마가 상냥하게 대답했다.

닐의 부모는 아르다가 납치되었을지도 모른다는 뉴스에 놀라거나 걱정하는 기색이 전혀 없었다.

"학부모 모임에서 몇 번 마주친 적이 있어요."

"혹시 라미스 부부가 누군가에게 딸의 휴대폰 중독을 치료해 달라고 부탁했을 수도 있을까요?"

"아르다가 휴대폰 중독이라면 그럴 수도 있겠죠."

닐의 아빠가 대수롭지 않다는 듯이 대답했다. 경찰을 앞에 두고 할 말은 아니었다.

"아무리 그래도 납치는 본인의 의사에 반하는 행위예요."

경감이 반론을 제기하자 닐의 엄마가 온화하게 웃었다.

"지금껏 사건 당사자들의 가족이나 지인이 문제를 제기한 적은 없었어요. 아이들이 이전보다 확연하게 나아져서 돌아왔으니까요."

"하지만 납치는 범죄 행위예요."

닐의 부모는 법을 위반하는 것은 신경 쓰지 않는 듯했다.

그때 뉴스 화면에 아르다의 아빠가 인터뷰하는 모습이 나왔다.

"제 딸은 납치된 게 아닙니다. 딸이 직접 사실을 밝히려고 했지만 현재 연락을 하기가 어려워요."

"따님은 지금 어디에 있나요?"

"그건 밝히기가 곤란합니다. 그런데 그 애가 부탁한 게 있어요."

"따님의 목소리로 직접 듣고 싶습니다!"

경감이 태블릿을 터치해 영상을 멈추었다.

"보시다시피 이건 납치 사건이에요. 스마트폰 통제법 제정에 악영향을 미치게 될 겁니다. 사람들은 비밀 결사대가 청소년들을 납치하는 걸 바라지 않으니까요."

닐의 부모가 경감의 눈을 똑바로 바라보았다.

"아르다의 부모는 딸이 납치된 게 아니라고 하잖아요. 게다가 우리 닐은 이 일과 아무 관련이 없어요. 뭔가 의심스러운 행동을 했다면 감시용 드론과 피부에 이식한 장치로 벌써 발각되었겠죠."

닐의 엄마가 차분하게 말하자 경감이 씩 웃으며 입을 열었다.

"닐은 아르다가 사라진 날 아침까지 감시용 드론에 포착이 되었어요. 그러고는 두 사람 다 한꺼번에 사라져 버렸죠. 이상하지 않나요? 둘이 함께 센터로 갔나요?"

"센터라니요?"

"휴대폰 중독자들을 치료하는 센터 말이에요."

"우리 닐이 그곳에 숨어 있을 것 같지는 않군요. 그 애는 더 좋은 곳으로 갈 거라고 했거든요."

닐의 부모와 경감 사이에 팽팽한 긴장감이 감돌았다. 베아트릭스 경감은 액자 속 그림을 물끄러미 바라보며 생각에 잠겼다. 불현듯 닐이 말한 더 좋은 곳이란 저런 데가 아닐까, 하는 생각이 들었다. 그란 우르베와는 전혀 다른 세상. 닐과 그의 부모에게 낙원이란 대자연의 품인지도 몰랐다.

경감은 닐이 그림에 나오는 산속으로 달아난 거라고 확신했다. 닐의 부모는 비밀을 들키기라도 한 듯이 경직된 표정을 지었다.

"닐은 감시와 추적을 피하기 위해 이곳을 떠난 거예요."

"경찰이 자기의 일거수일투족을 감시할 거라는 사실을 알고 있으니까요."

닐의 부모가 변명하듯이 차례로 입을 열었다.

경감이 눈썹을 치켜뜨며 말했다.

"닐이 그런 선택을 할까 봐 피부에 칩을 이식한 겁니다."

"어쩌면 그 애가 그걸 제거했을지도 모르죠."

"그렇다면 처벌받을 거고요."

그들은 호들갑을 떨지도, 흥분하지도 않은 채 마치 일상적인 이야기를 나누고 있는 것마냥 차분하게 대화를 이어 갔다.

"어쨌든 닐을 찾는 게 쉽지는 않을 거예요."

"경찰은 꼭 찾아낼 겁니다. 어쩌면 부모님을 찾아와 심문할지도 모르고요. 이런 문제에는 반드시 어른들이 연루되어 있다고 생각하는 경찰들이 많거든요."

닐의 아빠가 고개를 끄덕이며 입을 열었다.

"그럴 수도 있겠네요. 어쨌거나 우리는 지금 모순 속에 살고 있어요. 부모들은 자식들의 좋은 미래를 위해 뭐든 다 하려고 하죠. 우린 과학 기술이 지금처럼 발전하기 이전의 시대를 살았어요. 서로의 얼굴을 마주하고 눈을 바라보며 이야기하던 시절 말이에요. 때로는 얼굴을 붉히며 싸우기도 했지만, 그땐 사람들이 많은 것을 나누었어요. 지금은 그 어떤 것도 나누지 않으려고 기를 쓰지요. 닐은 그런 인간적인 세상을 되찾고 싶어 노력하는 겁니다."

경감은 입가에 슬며시 미소를 띤 채 고해성사 같은 닐 아빠의 말을 잠자코 들었다. 닐의 아빠가 말을 이었다.

"이곳에서는 더 이상 미래가 없다고 생각하는 아이가 많아요. 그 아이들은 자기들이 꿈꾸는 세상으로 가고, 우리는 이곳에 머무는 것뿐이지요."

"비밀 결사대에 관해 지금 말씀하신 것보다 더 많은 걸 알고 있나요?"

"내가 아는 건 전부 말했어요. 이게 다예요."

"지금 당장 선생님을 체포할 수도 있습니다."

"조금도 두렵지 않아요."

"내가 경찰이라는 걸 잊으셨나요?"

"하지만 다른 경찰과는 좀 다른 것 같군요. 경찰들이 닐을 수배한 뒤 반드시 찾아낼 거라고 하셨지만, 어쩐지 남의 얘기를 하는 듯한 느낌이었거든요. 게다가 얼굴 흉터를 없애지 않은 것도, 요즘 사람들과는 좀 다른 것 같고요."

"나는 좀 특별한 걸 좋아하거든요."

베아트릭스 경감이 씩 웃으며 말했다.

차분하면서도 매력이 넘치는 닐의 부모 덕분에 이야기가 끝도 없이 이어졌다. 그들은 언제까지고 어떤 주제라도 즐겁게 대화를 나눌 수 있을 듯했다.

감정을 마주하는 방법

아르다는 울음을 터뜨렸다. 이제는 남들 앞에서 우는 게 부끄럽지 않았다. 예전에는 신중하지 못하고 나약한 행동이라고 생각해 꾹 참았다. 그런데 센터에서는 울어도 된다고, 아니 울어야만 한다고 가르쳤다.

사실 아르다는 슬퍼서가 아니라 화가 치밀어서 울었다. 조르드에 대한 배신감을 지울 수 없는 데다, 이곳에서 매일매일 벌어지는 일들 역시 견디기가 힘들었다.

킴 박사는 아르다의 눈물이 마를 때까지 차분하게 기다렸다. 흉하게 부풀어 오른 눈으로 그저 말없이 바라보기만 했다. 이런 상황에 익숙해져야 한다거나, 마음을 편하게 먹으라고 섣부르게 조언을 하지도 않았다. 그리고 속마음을 다 털어놓으라고 부추기지도 않았다. 그저 잠자코 기다릴 뿐이었다.

"박사님……."

아르다가 훌쩍거리면서 입을 열었다.

"응?"

"궁금한 게 있어요. 제가 겪는 이 모든 게 다 제 행복을 위해서라고 쳐요. 아직도 이해는 안 되지만요. 그렇다면 언젠가 다시 휴대폰을 쓸 수 있게 될까요?"

박사가 슬쩍 미소를 짓자 아르다는 화가 나서 몸을 부들부들 떨었다. 이제는 아무리 애를 써도 감정을 감추기가 힘들었다.

"비엔나랑은 어떻게 지내?"

박사는 아르다의 고통을 아는지 모르는지, 정작 묻는 말에는 대꾸를 하지 않은 채 갑자기 화제를 바꿨다. 비엔나는 아르다의 룸메이트였다.

"잘 지내요. 좋은 애예요. 절 많이 도와줘요."

"비엔나도 처음에는 너보다 훨씬 더 힘들어 했어."

"여기 오래 있었어요? 휴대폰이 없던데요?"

"여기에서는 아무도 휴대폰을 사용하지 않아."

"그래도 언젠가는 휴대폰을 사용할 날이 오겠죠?"

아르다가 끈질기게 물었다.

"우린 너에게서 그 어떤 것도 빼앗고 싶지 않아."

"하지만 지금 제 모든 걸 빼앗고 있잖아요!"

아르다는 감정이 격해져 소리를 버럭 질렀다.

"비엔나가 널 도와주지 않니?"

"몇 번을 말해요? 절 엄청나게 도와준다니까요!"

"그 애가 조금 부정적인 면이 있지? 뭐든 어둡게 보는 경향이 있거든."

아르다가 더는 참지 못하고 시선을 홱 돌리며 따지듯이 물었다. 목소리가 한층 더 커졌다.

"박사님이 하시는 말씀은 앞뒤가 전혀 맞지 않아요!"

킴 박사는 짐짓 모른 척하며 물었다.

"그래?"

"네, 저한텐 다 잘될 거라고 해 놓고, 비엔나에 대해서는 부정적으로 말씀하시잖아요. 그런데 그거 아세요? 비엔나는 운동을 굉장히 잘해요. 또 예쁘고 상냥하고……."

"그건 시각의 차이겠지? 자기 자신은 또 다른 시각으로 보거든. 너도 그렇잖아?"

"그래요!"

"그게 널 화나게 하는 거고."

박사가 단정하듯이 결론을 내리자 아르다는 분노를 참을 수도, 자신을 제어할 수도 없었다. 킴 박사가 원하는 건 바로 그것이었다. 자신의 감정을 똑바로 마주하는 것.

"절 화나게 만드는 게 뭔지 아세요? 언젠가 다시 휴대폰을 사용할 수 있냐고 물었는데, 박사님이 그 질문에 대답을 하지 않은 거요! 또 이곳을 지배하고 있는 무질서 때문에 화가 나요. 감옥인지 정신 병원인지 모를 여기에서는 왜 그렇게 다들 미친 사람들처럼 고래고래 소리를 지르는 거예요? 왜 그렇게 다 열성적인 거냐고요!"

아르다는 얼굴이 시뻘게진 채 손을 마구 휘저으며 정신없이 제자리에서 맴돌았다.

"서로 소리를 지르고 마구 떠들어 대고, 화를 냈다가 또 사과하고. 결국엔 용서를 하지만 그 일이 마음에 켜켜이 쌓여 언젠가는 원망이 폭발할 거라고요. 전 그런 긴장된 분위기 때문에 숨을 제대로 쉴 수가 없어요."

아르다는 속이 시원해질 때까지 하고 싶은 말들을 마구 쏟아 냈다.

"이게 정말 저를 위한 낙원이에요? 미안하지만 엿이나 먹으라고 해요! 바깥의 진짜 세상은 이보다 훨씬 좋아요. 이성적이고 평화롭고 신중하고 분별 있다고요!"

킴 박사가 이성을 잃은 아르다를 향해 성큼성큼 다가갔다. 아르다는 입을 꾹 다물고 코로 거친 숨을 내뿜으며 다른 쪽을 쳐다보았다. 박사가 어깨 위에 손을 올리는 순간, 당장 치워 버리고 싶은 마음이 굴뚝 같았다. 하지만 차마 그러지 못했다. 대신에 위협적으로 보일 만큼 얼굴을 잔뜩 일그러뜨렸다.

"아르다, 네가 알던 그곳은 진짜 세상이 아니야."

박사의 목소리는 침착하고 다정했다.

"질투와 시기, 원망, 두려움, 사랑, 열정……. 그런 감정은 어디에나 있어. 눈을 감고 귀를 막으면서 아무리 무시해도 언제나 존재했고, 앞으로도 존재할 거야. 우리는 널 아무 문제 없는 완벽한 세상에서 데려와 험악한 다른 세상으로 보내려는 게 아니야. 어느 곳에나 갈등은 있어. 바깥세상에서는 현실에 존재하지 않는 허구의 인물들이 널 불시에 덮치고 조종하지. 이곳은 달라. 문제가 생기면 바로바로 알 수 있고, 상대방의 이름을 부를 수도 있고, 그 행동을 멈추게 할 수도 있어. 갈등이 생기면 그것을 풀기 위해 무엇이든 할 수 있지. 무슨 말인지 알겠니?"

"알아요. 하지만 그게 구역질 난다고요!"

"그것 또한 발전이란다."

"어쨌든 언젠가 휴대폰을 다시 쓸 수는 있어요? 대답 좀 해 주세요."

"당연히 쓸 수 있지."

아르다는 그제야 화가 좀 가라앉았다.

"너한테서 뭘 빼앗으려는 게 아니야. 넌 여기에 들어왔을 때보다 더 멋진 모습으로 이곳을 나가게 될 거야. 그때가 되면 휴대폰이 널 사용하는 게 아니라, 네가 휴대폰을 사용하게 될 테고. 내 말뜻을 언젠간 이해할 수 있을 거야."

아르다는 종종 지금처럼 전혀 이해할 수 없는 이야기를 들었다. 그러나 자신의 한계를 아는 아이처럼 그저 받아들여야만 했다. 무엇보다 휴대폰을 다시 쓸 수 있게 될 거라는 긍정적인 대답이 만족스러웠다. 지금의 이 상황이 영원히 지속되지는 않을 거라는 사실이.

나쁜 비밀

라이트 코스타는 에스컬레이터를 타고 지하철역으로 내려갔다. 베아트릭스 경감은 사람들 틈에서 튀지 않도록 태블릿 화면에 시선을 고정한 채 조심스럽게 라이트를 미행했다. 승강장에는 눈이 벌게져서 재채기나 기침을 하는 사람들이 수두룩했다. 아직 알려지지 않은 오만 가지 알레르기의 희생자들이었다.

라이트가 먼저 열차 칸에 올라탔다. 경감은 바로 옆 칸에 탄 다음에 우연을 가장해서 라이트에게 접근할 작정이었다. 여느 사람들처럼 태블릿을 뚫어져라 보다가 지하철이 다음 역에 정차하자, 슬그머니 옆 칸으로 이동해 곧장 라이트에게 다가갔다.

"이런 데서 다 만나네요?"

경감이 반갑게 말을 걸자 라이트가 흘낏 쳐다보고 눈을 동그랗게 떴다.

“경감님, 안녕하세요?”

라이트는 아무렇지 않은 듯이 말했지만 가슴이 쿵 하고 떨렸다.

“퇴근하나 봐요?”

“네.”

“트리플우베에는 별일 없고요?”

라이트가 씩 웃으며 고개를 저었다.

“이런 대화는 위험해요. 누군가 경감님이 절 괴롭힌다고 생각하고 경찰을 부를 수도 있다고요.”

베아트릭스 경감은 그 말을 듣고 객차 안이 떠나갈 듯이 웃음을 터뜨렸다. 라이트도 함께 어깨를 들썩였다.

“트리플우베에서는 새로운 납지 사건에 대해 어떻게 생각해요?”

경감이 웃으며 물었다. 하지만 라이트는 짐짓 고개를 푹 숙인 채 대답을 기다리는 메시지가 연신 떠오르는 태블릿을 터치했다. 자기를 애먹이는 이 사람과 유쾌하게 대화를 이어 가려면 무슨 말을 해야 좋을지 고민하느라 필사적으로 머리를 굴렸다.

“그 일에 관해 상사가 얘기하는 거 들었죠?”

라이트는 엉겁결에 고개를 끄덕였다.

“청소년이 실종되었을 때 경찰에 신고하는 사람은 부모가 아니라 대개는 웹스 메신저 친구들이에요. 신고가 빗발치니 경찰이 움직일 수밖에 없죠. 그런데 이번에는 신고가 한 건도 들어오지 않았어요. 아르다 라미스에게 친구가 한 명도 없는 것처럼 말이죠.”

"아르다 라미스요?"

"네, 그 애 이름이에요. 다들 아르디아라고도 부르는 모양인데……. 어쨌거나 친구 중 그 누구도 신고를 하지 않았다는 게 너무 이상해요. 왭스 메신저 친구들은 아르다가 사라진 걸 여태 모르는 걸까요? 어떻게 생각해요?"

라이트는 결국 태블릿에서 눈을 떼고 침착하게 대답했다.

"글쎄요, 모르겠네요."

그러고는 더 이상 할 말이 없다는 듯이 어깨를 살짝 들썩여 보였다. 베아트릭스 경감이 계속 말을 이었다.

"나는 이렇게 생각해요. 친구가 사라졌다고 불안해하며 실종 신고를 하는 메신저 친구들은 사실 트리플우베가 아닌가, 하고 말이죠. 그런데 지금 트리플우베가 나서지 않는 건 다른 일을 준비하고 있기 때문일 테죠. 아마 좀 더 대담한, 그러니까 우리가 상상조차 할 수 없는 일 같은 거 말이에요."

라이트는 뭐라고 대꾸할 말을 찾지 못한 채 고개를 세차게 가로저었다. 하지만 경감은 멈추지 않고 라이트를 몰아붙였다.

"아그라마와 일한 적 있다고 했죠? 아그라마는 고객을 위해서라면 살인도 마다하지 않는다는 것도 알아요?"

라이트는 몸을 부들부들 떨었다.

"아니요, 전 몰라요. 아무것도 모른다고요."

경감이 친절하게 설명했다.

"아그라마는 악행을 전문적으로 저지르는 집단이에요. 방해되는 이들을 중간에서 제거해 주는 게 그들의 일이라더군요."

"전 몰랐어요, 몰랐다고요."

"그럼 이제 알았겠네요."

라이트는 거대한 짐을 올려놓기라도 한 것처럼 어깨가 무거워졌다. 그때 경감이 휴대폰을 꺼내 천진난만하고 순진해 보이는 여자아이 사진을 보여 주었다.

"당신이 그걸 알았으면 했어요. 이 여자아이한테 무슨 문제가 생기면 사람들이 뭐라고 생각할까요?"

라이트는 금방이라도 눈물을 뚝뚝 떨어뜨릴 것 같은 표정으로 베아트릭스 경감을 바라보았다. 대기업 임원의 비서 자리를 잃고 싶지 않았다. 아무것도 생각하지 않고 고민하지 않으면 그냥 지나칠 수도 있지 않을까?

"전 그런 건 생각하고 싶지도 않아요. 그저 제 일만 하고 싶을 뿐이에요. 비서의 첫 번째 임무는 비밀 유지라고요."

마지막 말은 라이트가 트리플우베에서 귀가 따갑게 들은 말이었다.

경감은 라이트를 안심시키기 위해 씩 웃어 보였다.

"무슨 말인지 알겠어요. 라이트 씨는 본인의 일을 열심히 하면 되는 거죠. 하지만 회사의 비밀 가운데 나쁜 일도 섞여 있다는 걸 잊지 말아요. 당신은 나쁜 사람이 아니잖아요."

지하철이 다음 역에 도착하자 경감이 짤막하게 인사를 건넸다.

"귀찮게 해서 미안해요."

라이트는 안도감과 아쉬움을 동시에 느꼈다. 경감과 다른 이야기를 더 나누고 싶었다. 베아트릭스 경감이 웃으며 손을 뻗어 라이트의 뺨을 쓰다듬었다. 그러고는 객차 문이 열리자마자 몸을 획 돌려 밖으로 빠져나갔다.

작전명 투란도트

우고 부사장은 조바심을 내며 기다려 온 이메일을 서둘러 열어 보았다. 니콜라스 반장에게서 온 것이었다. 거기에는 닐 옵스타트가 체포되기 전 두 달 동안의 유선 전화 통화 기록이 들어 있었다. 통화 내용은 알 수 없었지만 연락을 주고받은 번호는 정확히 나와 있었다. 이 통신 수단을 사용하는 이가 거의 없다는 점을 고려했을 때 리스트에 적힌 전화번호는 제법 많은 편이었다.

트리플우베의 조사팀이 통화 기록을 꼼꼼히 살핀 결과, 마침내 필요한 정보를 찾아냈다. 닐 옵스타트가 유선 전화를 이용해 라프론테라 북쪽 바리오 델 에스페호에 있는 사립 학교인 셀렉토 에스코리우엘라로 스물다섯 번이나 전화를 걸었던 것이다. 아르다 라미스는 그곳에 있는 것이 분명했다.

우그 부사장은 사장에게 이 소식을 직접 알리기 위해 허둥지둥 사무실을 나섰다. 빅토르 사장은 웅장한 교향곡에 푹 빠져 부하 직원의 말을 듣는 둥 마는 둥 했다. 그러고는 부사장에게 작전명 투란도트를 개시해도 좋다고 허가했다.

부사장은 자신의 사무실로 돌아오자마자 비서에게 전달할 지시 사항을 정리했다. 컴퓨터에서 아르다 라미스의 사진을 한 장 골라 그 아래에 '목표물'이라고 쓴 다음, 주의 사항과 요청 사항을 쓰고 사립 학교의 주소를 덧붙였다.

곧이어 라이트의 컴퓨터 화면에 예쁘장하게 생긴 여자아이 사진이 떴다. 며칠 전 베아트릭스 경감이 보여 주었던 사진 속 아이였다. 우그 부사장의 지시 사항도 있었다.

사진과 메시지를 인쇄해서 노란색 봉투에 넣고, 겉면에는 '투란도트'라고 쓸 것. 십오 분 내로 준비해.

그 외에도 메시지에는 아그라마라는 단어가 있었다. 라이트는 몸이 부들부들 떨렸다. 베아트릭스 경감이 했던 말이 떠올랐던 것이다. 그러나 자신은 이 회사의 직원이고 부사장의 비서였다. 언젠가는 이곳의 임원이 되고자 하는 야망도 있었다. 더 이상 망설일 시간이 없었다. 라이트는 부사장의 지시대로 사진과 메시지를 인쇄한 뒤 노란색 봉투에 넣고는 겉면에 '투란도트'라고 썼다.

정확히 십오 분 뒤, 우그 부사장이 휴대폰에 뭔가를 입력하면서 사무실을 나왔다. 그러고는 라이트가 건넨 봉투를 받아 들더니 밖으로 성큼성큼 걸어 나갔다. 부사장의 재채기 소리가 차츰 멀어졌다.

경호원들과 함께 방탄 지프에 올라탄 부사장은 곧장 바리오 데 아바호로 출발했다. 라프론테라의 검문소가 없는 비밀 구역을 통과한 차는 도로 상태가 좋지 않은 샛길로 접어들어 조금 더 달린 뒤에야 멈추어 섰다. 그곳에는 남루한 차림의 젊은 남자가 한 명 서 있었다. 남자는 조금 열린 차창 사이로 내민 봉투를 잽싸게 받아 들었다.

커다란 노란색 봉투 겉면에는 투란도트라고 적혀 있었고, 그 안의 작은 봉투에는 지폐 몇 장이 들어 있었다. 남자는 봉투를 들고 근처의 스피킹 바로 달려갔다. 차에서 내린 경호원이 몰래 남자의 뒤를 쫓았다. 봉투가 목적지에 제대로 전달되는지 확인하기 위해서였다. 경호원은 스피킹 바에 들어가 음료 자판기에서 음료수를 하나 뽑은 뒤 구석진 자리에 앉았다. 그러고는 남자가 조직책에게 봉투를 건넨 후 자리를 뜨는 모습을 지켜보았다.

만에 하나 일이 잘못되어 경찰이 봉투의 출처를 묻는다 해도, 누구든 남루한 누더기를 걸친 뜨내기 노동자라고 이야기할 수밖에 없을 터였다. 이 동네 뜨내기들은 대개 비슷한 차림새여서 봉투를 건넨 이를 찾기는 불가능한 일이었다. 잠시 후 다리를 절면서 기침을 하는 노인이 조직책에게 다가가 뭔가 이야기를 건네는가 싶더니, 이내 노란색 봉투를 받아 허둥지둥 바를 빠져나갔다.

아그라마에서 보낸 심부름꾼이 분명했다. 모든 것이 계획대로 착착 돌아가고 있었다. 지프는 다시 트리플우베 본사로 돌아갔다. 올 때와는 다른 길을 택했지만 여전히 검문소는 지나지 않았다.

아그라마 본사는 이층짜리 건물로, 국가 문화재로 착각할 만큼 오래되었지만 관리가 잘되어 무척 근사했다. 일 미터 높이의 담벼락으로 둘러싸인 정원에는 잘 손질된 잔디가 깔려 있었고, 가장자리에는 풍경초가 아름답게 핀 화단이 있었다. 건물로 이어지는 네 개의 계단 위에는 방탄문이 달려 있으며, 그 주변에는 감시 카메라가 여럿 숨겨져 있었다. 우편물은 건물 입구의 접수처에서 따로 받아 각 부서로 전달했는데, 대개 한 단어만 적힌 노란색 봉투는 경영진의 비서에게 곧장 전해졌다.

비서는 겉면에 투란도트라고 적힌 봉투를 받아 내용물을 확인했다. 아그라마의 고객은 추적을 피하기 위해 다른 나라의 서버를 이용해 이메일로 계약을 맺었다. 명목상의 계약서에는 석 달 뒤의 날짜와 함께 트리플우베 본사 건물의 쥐 박멸과 소독이 명시되어 있었고, 그 대가로 어마어마한 액수의 비용이 기재되어 있었다. 트리플우베가 그들에게 따로 사진과 주소, 별도의 지시 사항을 보냈다는 사실은 그 누구도 알아낼 방법이 없었다. 곧 아그라마 전략팀에서 목표물에 접근하기 위한 은밀한 계획을 세우게 될 터였다.

무모한 시도

셀렉도 에스코리우엘라 사립 학교 건물은 밤이 되면서 정적에 휩싸였다. 조금 전, 정확히 아홉 시에 소등과 취침 시간을 알리는 벨 소리가 울렸던 것이다.

아르다가 침대에서 조심스럽게 빠져나오자 옆 침대에 누워 있던 비엔나가 물었다.

"어디 가?"

아르다는 소스라치게 놀라 몸을 잔뜩 웅크렸다.

"쉿!"

"어디 가냐고."

아르다가 대답을 하지 않자 비엔나가 단도직입적으로 물었다.

"닐한테 가려는 거지?"

"그건 왜 물어?"

"네가 닐을 어떤 눈으로 바라보는지 난 알거든. 나뿐만 아니라 다른 애들도 다 봤어."

아르다는 대꾸 없이 문 쪽으로 살금살금 걸어갔다. 비엔나가 다시 숨죽이며 말했다.

"시간 낭비야. 닐은 우리랑은 달라. 아주 특별한 아이라고. 킴 박사님이나 알마 선생님과 같은 수준이야. 우리처럼 중독을 치료하려고 온 게 아니거든."

"알아, 그래서 닐하고 얘기를 하고 싶은 거야."

"무슨 얘기?"

비엔나가 침대에서 일어나 앉아 아르다를 쳐다보았다. 아르다는 더 말할 것도 없다는 듯이 몸을 돌려 방문 손잡이를 비틀어 열었다.

문을 조금 열어 고요한 복도를 살폈다. 이윽고 방 밖으로 나와 조심스럽게 문을 닫고는 복도 끝에 있는 닐의 방으로 걸어갔다. 닐은 계단에 면해 있는 자동 출입문과 가까운 방에서 지냈다. 밤에는 출입문이 열리지 않았다. 다시 말해 모두 갇혀 있다는 의미였다. 곳곳에 감시 카메라가 설치되어 있을 뿐 아니라 일정한 간격으로 건물을 순찰하는 경비원도 있었다.

아르다의 심장이 세차게 뛰기 시작했다. 방문 아래 틈새로 불빛이 새어 나왔다. 닐이 여태 깨어 있다는 의미이기도 하지만, 무조건 불을 꺼야 하는 여느 아이들과 다른 위치에 있다는 것을 보여 주는 증거였다. 아르다는 조심스럽게 문을 두드리고는 잠자코 기다렸다. 곧이어

문이 살짝 열리더니 닐이 나왔다.

"아르다, 무슨 일이야?"

"할 얘기가 있어."

"오늘은 너무 늦었어. 내일 얘기하자."

아르다가 닐에게 가까이 다가가며 애원하듯이 말했다.

"제발! 지금 당장 해야 해. 조르드의 시를 좀 들려줘."

아르다는 닐에게 사랑의 시를 읊어 달라고 요구했다. 닐은 한숨을 푹 내쉬며 문을 닫으려고 했다.

"지금은 가서 자는 게 좋겠어."

아르다는 문이 닫히지 않도록 잽싸게 발을 밀어 넣었다. 문틈에 발이 끼자 얼굴을 찡그리며 고통을 꾹 참았다. 닐은 뜻밖의 상황에 놀라 얼떨결에 문을 조금 더 열었다. 아르다는 그 틈에 방 안으로 들어가 닐을 꼭 껴안았다.

"제발, 부탁이야. 내가 얼마나 힘든지 잘 알잖아. 네가 조금만 도와주면 이 상황을 잘 극복할 수 있을 것 같아서 그래. 네 도움 없인 해낼 자신이 없어."

아르다는 급기야 흐느껴 울기 시작했다.

닐은 누가 볼까 봐 얼른 문을 닫고는 아르다를 억지로 몸에서 떼어냈다. 눈물을 흘리는 아르다를 차분하게 바라보다가 의자에 가서 앉았다. 스탠드가 켜진 책상 위에는 종이가 펼쳐져 있었다. 닐은 조금 전까지 케케묵은 옛날 방식으로 종이에 글씨를 휘갈겨 쓰던 중이었다.

"닐, 널 좋아해."

닐은 아르다를 쳐다보지도 않고 냉정하게 말했다.

"아니, 지금 너무 혼란스럽고 감정이 뒤죽박죽이 되어서 그래. 너무 서두르지 마. 처음부터 차근차근 하면 돼."

아르다는 얼굴을 찌푸리며 고개를 가로저었다. 닐은 아르다의 눈을 똑바로 보며 다시 말을 이었다.

"조르드를 생각해 봐. 너희 둘의 사이가 얼마나 좋았는지."

"어쩜 그래? 난 너한테 끌리고 있는데, 고작 한다는 소리가 여기에 있지도 않은 아이 생각이나 하라니!"

아르다가 머리를 세치게 흔들며 괴로운 얼굴로 하소연했다.

"디지털 세상에서는 모든 게 훨씬 더 쉽고 빨라. 왭스 메신저에서라면 누구를 좋아한다고 고백하는 것도 어려울 것 하나 없다고. 상대방을 코앞에 두고 말할 필요가 없잖아. 눈을 똑바로 보거나 얼굴을 붉힐 필요도 없고. 그래서 왭스에서는 무슨 이야기든 다 할 수 있단 말이야. 나랑 상대방 사이에는 휴대폰이 있으니까. 하지만 이곳은 가까이 있는 사람들의 체온이나 입김, 시선들 때문에 아주 숨이 막힐 지경이야. 이런 곳에서 뭘 할 수 있겠어? 뭐가 나아질 거라는 거야?"

아르다는 닐의 에메랄드빛 눈을 똑바로 보지 못하고 턱에 파인 보조개만 빤히 바라보았다.

"맞아, 아르다. 여긴 상황이 좀 더 복잡해. 인간관계에는 지금 네가 경험하고 있는 그 모든 감정이 전부 드러나야 해. 부끄러움, 신중함, 그리고 두려움까지. 매 순간 느끼는 감정과 네 입을 통해 나오는 말 한마디. 그런 것 없이 진정한 관계를 맺을 수는 없어. 반면에 스크린 속에서는 하얀 바탕에 검은 글자들하고만 마주할 뿐이지. 그 이상은 없는 거라고. 메신저로는 약속을 하기도 쉽고 그걸 깨는 것도 쉽지. 모든 게 지나치게 빠르고 비인간적이야. 아르다, 서두르지 마. 생각 없이 서두르기만 해서는 좋은 결과를 얻을 수 없어. 삶은 굉장히 복잡한 거야. 정답을 쉽게 찾으면 실수를 하게 마련이거든."

"그래, 알겠어. 네 말이 다 맞아. 그러니까 날 위해 그 시를 한 번만 들려주면 안 돼?"

아르다가 다시 간청하자 닐은 어쩔 수 없다는 듯이 한숨을 내쉬고는 고개를 끄덕였다. 그러고는 들릴 듯 말 듯 조용한 목소리로 시를 읊었다.

"내 눈을 봐. 전에는 스크린만 볼 줄 알았던 너."

"무슨 뜻이야?"

"네가 오직 스크린에만 집착했다는 뜻이야. 스크린 뒤의 사람이 아니라 기계하고만 교류했다는 거지. 그렇게 지내다 보면 결국 메시지를 주고받는 상대방이 사람이든 기계든 상관없게 돼."

"아니야, 이젠 안 그래."

아르다는 닐이 자길 그런 식으로 생각하는 게 탐탁지 않았다.

"로봇 같았던 그 눈으로."

"로봇의 눈……. 그런데 눈을 보는 게 왜 그렇게 중요한 거야?"

"눈은 거짓말을 하지 않거든."

아르다는 고개를 끄덕이며 다음 구절을 직접 낭송했다.

"영혼 없는 좀비 같았던 그 눈으로 이제는 내 눈을 봐. 근데 닐, 너도 내 눈이 그렇다고 생각해?"

"아니, 이제 네 눈은 호기심과 희망, 그리고 확신으로 가득 차 있어. 소중한 미래를 가진 사람의 눈이야. 조르드가 그랬지, 네 눈에 생기가 돌고 네 삶에 생기가 넘치면 좋겠다고……."

별안간 조르드의 이름이 나오자 모든 게 엉망이 되었다. 아르다는 닐을 빤히 보다가 용기를 내어 물었다.

"그럼 너랑 나는 뭔데?"

"우린 친구지. 자꾸만 네 마음을 건드리는 이 시는 내가 아니라 조르드가 쓴 거야. 그 앤 널 진심으로 좋아해. 휴대폰 속에 갇혀 있던 널 구하고 싶어 했어."

"걔는 배신자야."

"그렇지 않아."

"조르드는 날 속이고 이곳으로 납치되는 걸 도왔다고!"

아르다가 분에 못 이겨 소리를 질렀다.

"조르드는 너랑 다시 가까워지고 싶어 해."

아르다는 당장 그곳을 뛰쳐나가고 싶었다. 감옥 같은 이곳의 문을 부수고 나가서 영영 사라져 버리고 싶었다. 몸을 웅크린 채 끙끙대는 모습이 마치 우리에 갇혀 달아날 곳을 찾는 작은 짐승 같아 보였다.

"그러면 닐……."

아르다가 다시 용기를 내어 입을 열었다.

"네 휴대폰 좀 빌려줄래? 아주 잠깐이면 돼."

닐은 자리에서 벌떡 일어나 문 쪽으로 성큼성큼 걸어갔다.

"나, 정말 많이 좋아졌어. 이렇게 부탁할게! 네가 휴대폰 갖고 있는 거 다 알아. 다들 그러던걸. 넌 다른 아이들이랑 다르다고, 네가 통화하는 거 들었다고 했단 말이야."

그 순간, 닐은 휴대폰을 눈에 보이는 곳에 둔 건 아닌지 걱정하며 주변을 재빨리 훑어보았다. 만약 책상 위에 두었다면 아르다가 이미 낚아챘을 터였다.

"제발 부탁이야. 넌 조르드 친구이기도 하잖아, 응?"

"이제 그만 네 방으로 가."

닐이 문을 열면서 말했지만 아르다는 끈질기게 애원했다.

"제발, 제발!"

"내일 얘기해."

순간, 아르다는 닐이 자기에게 이래라저래라 할 권한이 없다는 생각이 들었다. 그러자 분노가 훅 치밀었다.

"소리 지를 거야. 그러면 다들 내가 이 밤중에 여기에 있는 걸 알게 되겠지. 네가 날 불렀다고 거짓말할 거라고!"

닐이 무표정한 얼굴로 대꾸했다.

"하고 싶으면 해 봐."

아르다는 마치 뺨을 세게 얻어맞기라도 한 것처럼 수치스러움을 느꼈다. 마치 아주 우스꽝스러운 상황에서 잠이 깨 버린 몽유병 환자라도 된 것 같았다.

"닐."

아르다가 앓는 소리를 했지만 닐은 단호했다.

"나가."

아르다는 고개를 푹 숙인 채 문을 향해 천천히 걸어갔다. 닐의 옆을 지나칠 때는 아예 눈을 질끈 감았다. 주먹이 날아올 수도, 성난 목소리가 들려올지도 모른다고 생각했던 것이다. 밖으로 나가자 등 뒤에서 매몰차게 문이 닫혔다. 아르다는 어두컴컴한 복도에 처량하게 남아 결국 울음을 터뜨리고 말았다.

결정적인 힌트

베아트릭스 경감은 몸에 딱 맞는 검은색 방탄복에 스마트 안경까지 끼고 바리오 데 아바호로 향했다. 라프론테라에 있는 첫 번째 검문소에 차를 주차했다. 경찰 배지를 보여 준 다음, 거기서부터는 걸어가야 했다.

바리오 데 아바호는 패배자들이 모여 사는 동네였다. 이곳 사람들은 매일 아침 쥐꼬리만 한 돈을 받는 대가로 노예처럼 일하기 위해 그란우르베로 넘어갔다. 가끔은 돈 대신 먹을 것을 받기도 했다. 그저 목구멍에 풀칠이라도 하려고 닥치는 대로 일했다. 언젠가 그란우르베에 있는 기업의 눈에 띄기를 희망하며 보잘것없는 사업체를 꾸려 나가는 이들도 있었다.

제대로 포장된 도로나 가로등, 쓰레기 처리장도 없었다. 주민들은 재건축이나 치안 유지 같은 것은 꿈도 꾸지 못하고 살았지만 정의는 누리며 산다고 자부했다.

인구 과밀인 이 지역의 시장에는 특별한 기술이랄 것도 없이 하루 벌어 하루 먹고사는 '하루살이'들이 넘쳐 났다. 악사와 배우, 곡예사, 걸인을 비롯해 돈만 준다면 무슨 일이든 마다하지 않는 인간쓰레기들로 거리는 늘 북새통을 이루었다. 기후 난민이 되거나 대학살과 전쟁을 피해 이곳으로 흘러 들어온 이민자들은 노예를 자처하기도 했다. 그들에게는 고작 곤궁함과 싸우는 현실이야말로 행운이라 할 수 있었으니까.

더욱이 이곳은 광적인 선교사들이나 미신을 믿는 이들을 비롯해 불운에 맞서고자 이런저런 의식에 빠진 이들에게는 약속의 땅이기도 했다. 그 결과 마술사, 돌팔이 의사, 무당, 그리고 온갖 이단 종파들이 활개를 쳤다.

불행 중 다행인 것은 그란우르베 출신의 의사와 간호사 등 성실하고 유능한 전문가들도 더러 있다는 것이었다. 희생정신을 발휘해 특권을 버리고 불쌍한 이들을 돕기 위해 온 이들이었다. 이곳에 사는 사람들은 하나같이 경솔하고 성급한 성격을 대놓고 드러냈다. 심지어 마스크를 쓰지 않아 듣도 보도 못한 온갖 질병에 시달리곤 했다.

그란우르베로 일하러 가는 하루살이 노동자들은 라프론테라를 통과하기 위해 전염병에 걸리지 않았다는 증명서를 반드시 지참해야만 했다. 경찰은 언제라도 증명서를 보여 달라고 요구할 수 있었다.

게다가 이곳은 이런저런 패거리들이 넘쳐 났다. 남의 것을 훔치거나 돈을 빼앗고, 살인까지 불사하는 패거리가 있는가 하면, 그런 무리로부터 주민들을 지키는 역할을 자처하는 민간 방위대들도 있었다. 베아트릭스 경감 또한 한때 민간 방위대 중 하나인 베스티스의 일원이었다. 경감은 종종 그들이 어떻게 되었는지 궁금해졌다.

아직 어둠이 채 내리지 않은 시각이었지만, 바리오 데 아바호의 상점과 공장들의 문은 이미 굳게 닫혀 있었다. 그란우르베를 가득 채우는 노동 열기 같은 것은 찾아볼 수 없었다. 이곳 사람들은 많은 것을 바라지 않고 그럭저럭 먹고살 수 있는 것에 만족했다.

아스팔트 포장도 되지 않은 우중충하고 악취 나는 도로 옆 상점에서는 중고 물품 같은 걸 팔았다. 이곳에는 중고 물품 판매상을 비롯해, 고철과 폐품 수집상들이 유독 많았다. 가장 호황을 누리는 곳은 실용적인 그릇을 빚는 공방과 조폭 패거리로부터 집을 지키는 데 필수 품목인 자물쇠를 만드는 업체, 꾸미기 좋아하는 이들을 위한 장신구 공장, 그리고 주요 먹거리인 빵을 파는 빵집, 고전적이고 대중적인 요리법을 고수하는 레스토랑들이었다. 베아트릭스 경감의 가족처럼 옛날 방식의 종이책을 만드는 사람들도 있었지만, 고객이라곤 그란우르베의 까다로운 수집가 몇몇뿐이었다.

이곳에서 파는 물건들은 하나같이 아주 저렴한 까닭에, 장날이면 그란우르베 시민들이 우르르 몰려와 성가실 정도의 경호를 받으면서 이색적인 물건들을 마구 사들였다. 그들은 또 이곳의 우량 업체들을 물색한 뒤 관련 업종의 유명 기업을 찾으면 해당 조합을 통해 매입 의사를 전달하기도 했다. 여태 밥벌이하던 사업체를 넘긴 뒤 조합에서 일자리를 얻으면 그나마 잘된 경우였다. 대개는 푼돈을 받은 뒤 이곳을 떠나 라프론테라에 정착해 아주 조금 더 나은 삶을 살게 될 뿐이었으니까. 문제는 이미 팔아 버린 것과 비슷한 사업체를 다시 설립할 수 없도록 법으로 정해 놓았다는 데 있었다.

물론 사업체 매각을 거부하는 이들도 있었다. 그렇다 해도 조합은 목적을 달성하기 위해 강제적인 법체계를 마련해 두었다. 돈벌이가 잘될 것 같은 공방이나 상점, 공장을 발견하면 온갖 트집을 잡아 고발하고 압력을 넣었다. 그리고 원하는 것을 얻기 위해 조폭을 동원하기도 했다. 따라서 폭력배나 대기업의 눈에 띄지 않으려면 이윤을 적게 남겨야 했기에 문을 일찍 닫고 늦게 여는 수밖에 없었다.

베아트릭스 경감은 스마트 안경을 통해 부산스럽게 움직이는 감시용 드론과 모퉁이마다 설치된 감시 카메라에서 전달하는 영상을 보며 위험한 무리가 있는 곳을 확인했다. 그러고는 일부러 목적지까지 멀리 돌아가는 길을 택했다.

스피킹 바는 다른 사람들과 큰 목소리로 이야기하고 싶은 이들이 찾는 장소였다. 그란우르베에서는 이곳에 드나드는 사람을 어딘가 모자라며 향수병에 걸린 환자로 취급했다. 심지어 이런 공익 광고도 있었다.

글로 소통할 수 있는데 왜 굳이 말을 하나요?

말과 함께 튀어나오는 침, 침과 함께 튀어나오는 바이러스!

그래도 사람들은 스피킹 바를 찾았다. 친구나 연인을 찾는 장소로도 유명했다. 누군가의 어깨에 기대 펑펑 울고 싶거나 고주망태가 될 때까지 술을 퍼마시고 싶을 때도 사람들은 그곳을 찾아갔다. 스피킹 바는 대부분 라프론테라나 바리오 데 아바호에만 있었다. 그란우르베에 있는 몇 안 되는 바들은 엄청 비싼 데다 퇴폐 업소라는 낙인이 찍혀 드나드는 사람이 극히 드물었다.

불그스름한 간접 조명이 비추는 어스름한 내부에서는 음악 소리가 전혀 들리지 않았다. 음악이 늘 끊이지 않는 그란우르베와는 대조적이었다. 그란우르베에서는 건물 안팎은 물론이고, 거리와 엘리베이터 안에서도 음악이 흘러나왔다. 게다가 사람들은 대부분 이어폰을 귀에 꽂고 다녔다. 하지만 이곳은 달랐다. 은밀한 이야기를 나누는 듯 신중한 목소리와 뭔가 음모를 꾸미는 것 같은 귓속말, 그리고 곳곳에서 터져 나오는 웃음소리가 산발적으로 들렸다.

베아트릭스 경감은 음료 자판기로 다가가 동전을 넣고 맥주를 선택했다. 그러고는 병째로 들고 마시면서 주위를 두리번거리며 테이블 사이를 지나갔다. 마침내 턱수염을 기른 데다 손톱에 파란색 매니큐어를 칠한 남자를 발견하고는 그쪽으로 성큼성큼 다가갔다.

전해 들은 인상착의와 똑같았다. 이런 모습으로는 라프론테라를 넘어 그란우르베로 갈 수 없을 터였다. 비위생적이라는 이유로 검문을 당해 강제로 수염을 깎일 테니까. 남자는 낡아 빠진 운동복에 다 해진 진흙투성이 운동화를 신고 있었다. 하지만 표정만큼은 느긋하고 편안해 보였다. 나쁜 생각을 품을 사람처럼 보이지는 않았다.

경감은 남자 앞으로 다가가 걸음을 멈추었다.

"혹시 아벤투레로 씨인가요?"

남자가 경감의 눈을 빤히 바라보았다.

"그쪽은 경찰인가요?"

"나는 베아트릭스 우앙가예요. 경감이 맞긴 하지만 지금은 경찰 신분으로 온 건 아니에요."

경감은 맞은편 의자에 앉으며 테이블 위에 맥주병을 올려놓았다.

"그럼 무슨 신분으로 온 거예요? 관광객 신분인가요?"

"호기심 많은 시민이라고 해 두죠. 아벤투레로 씨가 그린 그림을 봤는데 아주 마음에 들었어요. 듣기로는 오지에 가서 직접 본 풍경을 그린다던데요. 이를테면 이런 거요."

경감이 태블릿을 꺼내 사진을 보여 주었지만, 남자는 관심이 없다는 듯이 고개를 대충 끄덕일 뿐이었다.

"이 계곡의 위치를 알려 줄 수 있나요?"

"아니요."

"이곳을 무척 좋아하나 봐요. 그림을 여러 각도에서 많이도 그렸던걸요."

"어디인지 기억나지 않아요. 애초에 다시 갈 생각 같은 걸 안 했어요. 한번 갔던 곳을 뭐 하러 또 가겠어요? 여행은 새로운 경험을 하기 위한 거잖아요. 이미 알고 있던 곳으로 되돌아가기엔 인생이 너무 짧지 않나요?"

경감은 잠자코 남자의 말을 곱씹다가 이내 본론으로 돌아왔다.

"옵스타트 씨 집에서 그 그림을 봤어요. 혹시 이 풍경화와 그들이 무슨 관련이 있나요?"

남자는 당황한 기색도 없이 고개를 천천히 저었다.

"그러면 계곡에 대해 혹시 기억나는 건 없나요? 근처에 사람이 산다든지, 집이나 학교 뭐 그런 게 있다든지요."

남자가 별안간 웃음을 터뜨렸다. 경감이 농담을 한다고 생각하는 듯했다. 그러고는 손가락으로 화면의 한 지점을 가리켰다.

"이 숲 뒤편의 산기슭에 작은 농장이 있었던 것 같아요."

"농장이요?"

"개인이 운영하는 소규모 농장이요. 최근에 그란우르베에서 누릴 수 있는 특권을 버리거나 바리오 데 아바호에서의 삶을 버리고 그런 농장들로 떠난 아이들이 제법 있어요. 안전하지도 않고 풍요롭지도 않지만, 뭔가 새로운 삶을 찾는 이들에게는 상당히 매력적이니까요. 이 계곡에 있는 농장에 대략 서른 명이 살고 있었어요. 백만 제곱미터쯤 되는 땅에서 농사를 지으며 가축도 기르죠."

"혹시 우리가 먹는 것들이 그런 데서 오는 건가요?"

"아니요, 그곳에서는 그란우르베에 납품하지 않아요. 그란우르베는 전 세계 식품 공급을 독점하는 식품 조합으로부터 먹거리를 공급받으니까요. 식품 조합이 합병한, 아니 매입이라고 해야 할지, 약탈이라고 해야 할지……. 어쨌든 그런 대규모 농장들에서 먹거리를 보내는 거예요. 작은 농장은 그런 체제에 흡수되는 걸 거부하는 가족이나 조합, 말하자면 작은 공동체 소유의 시설이에요. 유통망이나 중개인 없이 그저 최소한의 이윤만으로 만족하죠. 혹시라도 잉여금이 생기면 재투자하고요. 수입이 지나치게 많아지면 대기업들의 눈에 띄게 될 테니까요. 대기업들은 왜 그렇게 시장을 독점하려고 난리들인지."

남자는 누가 듣건 말건 아랑곳없이 이야기를 쏟아 냈다.

"트리플우베만 해도 그래요. 집권당이 그들을 좌지우지하려 한다고 그렇게 비난하더니만 결국 휴대폰을 독점하고 있잖아요. 통화를 죄다 감시하는 것도 모자라 이제는 사람들의 정신마저 조종하려 들다니, 이게 무슨 미친 짓인지!"

남자가 여전히 혼잣말을 하는 동안, 베아트릭스 경감은 말없이 슬쩍 웃었다. 아르다 라미스와 닐 옵스타트가 어디에 있는지 마침내 감을 잡았기 때문이다. 이제 그 작은 농장의 위치만 알아내면 될 터였다. 그림에서 힌트를 찾으면 그리 어렵지 않을 듯했다.

선택받은 아이

아그라마 요원들은 셀렉토 에스코리우 엘라 사립 학교 바로 앞 건물 두 개 층을 빌려 작전을 수행했다. 건물 옥상에서는 학교의 정원이 어렴풋하게나마 보였고, 일층의 커다란 창문에서는 쌍안경으로 체육관 내부를 엿볼 수 있었다.

학교에서 지내는 아이들은 아침 일곱 시에 일어나 열 시에 정원으로 나갔고, 오전 수업이 끝난 뒤 오후 한 시에 점심을 먹었다. 그리고 저녁 아홉 시에는 어김없이 잠을 잤다. 주중이나 주말 관계없이 저녁에 꺼진 불은 다음 날 아침이 되어서야 다시 켜졌다.

요원들은 투석기를 이용해 소형 마이크 열두 개를 학교 건물 벽에다 쏘았다. 소형 마이크는 목표 지점에 찰싹 달라붙어 학교 안에서 주고받는 이야기를 완벽하게 포착해 낼 터였다. 뒤이어 소형 마이크의 목소리를 송신하는 기능을 지닌 드론을 날려 학교 지붕에 고정시켰다. 이를 통해 요원들은 아르다 라미스가 쓰는 방을 알아내고 룸메이트와 나누는 대화를 엿들었다.

아르다의 룸메이트 비엔나 브란카는 열여덟 살로, 부모와 사이가 좋지 않아 한동안 이모 집에서 살았다. 공식적으로는 지금도 여전히 이모와 함께 그란우르베 인근에 사는 것으로 파악되었다. 그래서 요원들은 이곳에서 비엔나를 발견했을 때 적잖이 놀랐다.

기숙사 불이 꺼지기 전, 비엔나가 아르다에게 말을 걸었다.

"우리 집에서 나는 없는 존재나 다름없었어. 부모님은 늘 휴대폰만 들여다봤거든. 나도 휴대폰을 달고 살았지만, 나랑은 차원이 아예 달랐어. 부모님이 날 투명 인간 취급한다는 생각이 들 때마다 참을 수 없는 절망감이 밀려들곤 했어. 이따금 두 분 앞에서 제발 날 좀 봐 달라고 하소연도 해 봤지만, 아주 잠깐 화면에서 눈을 떼고 삐딱하게 쳐다볼 뿐이었지. 내가 대체 그 집에서 뭘 하고 있는지 모르겠다는 듯한 표정으로 말이야. 어느 날은 이모네 집으로 가겠다고 했더니 뭐라고 하신 줄 알아? 그저 어깨를 으쓱하고는 '너 하고 싶은 대로 해.' 그러시는 거야. 얼씨구나 하면서 짐까지 싸 주더라고. 그렇게 떠밀리다시피 집을 나오게 된 거야."

시민 정보 파일에 따르면 비엔나의 부모는 아주 훌륭한 사람들이었다. 둘 다 통신 조합에서 일하는 열렬한 휴대폰 사용자들로, 자식을 과잉보호하지 않는 모범적인 부모였다.

"하지만 이모네 집에서도 상황은 별반 다르지 않았어. 우리 이모도 부모님처럼 휴대폰에 푹 빠져 살았거든. 내가 그 집에 와서 지낸다는 사실을 완전히 잊어버린 것 같았다니까? 그래서 나도 모든 걸 포기하고 그들처럼 지내기로 했지. 휴대폰에 집착하면서 이상한 애플리케이션을 다운받고, 인터넷 세상에 몰입해 정신을 완전히 놓아 버렸어. 그땐 몰랐지만 이젠 알아. 내 생각과 인격, 의지, 독창성, 그 모든 것이 끝없는 망망대해 속에 가라앉고 있었다는 걸."

"여긴 어떻게 오게 됐어?"

아르다가 조심스럽게 물었다.

"왭스 메신저를 통해 비밀 결사대 대원을 알게 되었어. 처음엔 그냥 가볍게 대화를 나누었는데 어느새 그 애를 좋아하게 되었지. 어느 날, 라프론테라에 있는 스피킹 바에서 만나자고 해서 가 봤더니 나더러 차에 타라지 뭐야? 난 그 애한테 푹 빠져 있있던 터라 그냥 그 말에 따랐어. 그래서 여기까지 오게 된 거야. 비밀 결사대에서 알아봤는데 우리 부모님은 내가 이모랑 살고 있다고 믿었고, 이모는 내가 부모님 집으로 돌아갔다고 생각하는 모양이더래. 아무도 나에게 관심이 없었어."

아그라마 요원들은 이야기를 들은 뒤, 작전의 조력자로 비엔나 브란카를 선택했다. 비엔나를 철저하게 감시하는 한편, 그 애 부모님을 끌어들일 준비를 했다. 그리고 '최면'이라고 불릴 뻔했지만 결국 '행복'이라는 이름이 붙은 트리플우베의 신제품을 꼼꼼하게 검토했다.

그사이 아르다는 더 이상 휴대폰에 집착하지 않게 되었다. 자신을 둘러싼 주변에 호기심을 보이기 시작했고, 다양한 갈래의 책을 읽었으며, 친구와 함께하는 보드게임에도 열광했다. 이제 자신의 생각과 상상력을 가치 있게 여겼다. 마스크를 쓰지 않고 있는 아이들을 볼 때면 아직 어색해서 헛웃음을 짓기도 했지만, 지금은 남들에게 웃는 얼굴을 보여 주는 것을 부끄러워하지 않았다.

비엔나와의 우정도 날이 갈수록 깊어졌다. 둘은 틈틈이 귓속말을 주고받으면서 깔깔 웃었다. 아르다는 농구에 푹 빠진 비엔나를 따라 농구 팀에도 들어갔다. 그만큼 함께하는 시간이 많아지면서 둘의 우정도 더욱 끈끈해졌다.

토마스와 온디나, 제니퍼, 비엔나, 그리고 아르다는 단테의 《신곡》 가운데 〈지옥〉 편을 주제로 조별 과제를 했다. 아이들은 책을 읽고 공책에 각자의 생각을 정리한 뒤 칠판에 요약된 내용을 적었다. 아르다에게는 한 달 전만 해도 상상할 수 없는 일이었다.

과제를 시작한 첫날, 아이들은 어이없어하는 아르다의 표정을 목격했다.

“인터넷 검색도 하지 않고 어떻게 과제를 한다는 건지 이해가 안 되지?”

아르다가 고개를 끄덕이자 토마스가 설명해 주었다. 센터에 와서 아이들을 처음 만난 날, 각진 얼굴과 커다란 눈동자, 단호한 눈빛 때문에 유독 눈에 띄었던 남자아이였다.

“우리가 왜 이런 과제를 할까? 세상에 길이 남을 연구를 하려고? 아니, 감당할 수도 없이 어마어마한 자료를 한데 모을 생각 같은 건 전혀 없어. 다 소화하지도 못할 음식을 먹겠답시고 욕심내서 접시에 담아서는 안 되잖아. 도서관에서 빌려 온 책들과 우리의 지식, 그리고 상상력만으로도 충분해. 우린 시합에서 이기려는 게 아니야. 우리가 잘났다는 걸 세상에다 으스대려는 것도 아니고. 오히려 우리의 한계를 순순히 인정하는 거지.

컴퓨터를 사용하면 과제를 좀 더 빨리 끝낼 수는 있을 거야. 하지만 우리에겐 이걸 빨리 끝내야 하는 이유가 없는걸. 과제를 끝내고 다른 걸 해야 한다고? 그런 게 어디 있어? 뭐, 농구? 빨리 과제를 해치우고 농구를 한 뒤 좀 쉰 다음에 저녁을 먹고 잠자리에 들어야 해? 그럴 필요 없어. 이 과제는 단지 우리의 성장을 위해서 하는 거야. 그것 자체로 중요한 일이지. 결과가 어떻든 우리가 생각하고 토론하는 동안 그전까지 알지 못했던 걸 배우게 될 테니까. 적어도 자기 생각을 말하고 다른 사람의 이야기에 귀 기울이는 법을 배우게 되잖아. 이게 바로 우리가 하는 조별 과제의 목표야. 이젠 이해가 되니?"

아르다는 고개를 끄덕이는 것으로 대답을 대신했다. 그 후부터 아이들이 주고받는 이야기를 이해하려고 애쓰면서 열심히 귀를 기울였다. 어느덧 마스크로 가리지 않은 입을 쳐다보는 것에도 익숙해졌다. 아이들은《신곡》을 읽은 다음, 차례대로 자신의 생각을 이야기했다.

"내 생각에 단테는 사람들을 고문하는 것에 대한 상상력이 좀 부족했던 것 같아. 나였다면 살인자들을 훨씬 더 참혹하게 벌주었을 거야. 살인자들을 정말 증오하거든."

"나는 탐욕스러운 사람들이 최악이라고 생각해. 그런데 그들에게도 형벌이 너무 가벼워. 기껏해야 바위를 밀면서 서로 몸을 부딪치는 거라니!"

"난 단테가 찾는 게 진리의 길이라는 데 초점을 맞추고 싶어. 단테는 우리가 고결한 사람이 되기 위해 피해야 할 것에 관해 이야기하고 있으니까."

"사실 단테는 색욕, 탐식, 탐욕, 나태, 분노, 질투, 교만 같은 전형적인 일곱 가지 대죄에 관해서만 이야기하고 있어."

"이교도, 폭력배, 사기꾼, 배신자 들도 포함해야지."

그 누구도 아르다에게 의견을 말하라고 강요하지 않았다. 부담을 주어선 안 된다는 걸 잘 알고 있었다. 아르다 스스로 준비가 되면 입을 열 거라고 믿었다. 아르다는 마치 손에 휴대폰을 들고 있기라도 한 듯이 무의식적으로 양쪽 엄지손가락을 책상 위에서 까딱까딱 움직였다.

아르다도 아이들이 자기를 배려해 주는 걸 알고 고마워했지만, 대화에 참여해야 한다는 생각에 슬그머니 불안감이 밀려왔다. 괜스레 입을 열었다가 바보 같은 말을 할까 봐 겁이 났다. 그래서 다들 자기를 얼간이라고 생각한다면…….

다른 아이들이 의견을 정리하는 동안, 아르다에게도 한 가지 생각이 떠오르기는 했다. 아직은 말할 용기가 충분히 생기지 않았는데도 충동적으로 입을 열어 목소리를 냈다. 아이들이 호기심 가득한 눈으로 아르다를 빤히 쳐다보았다.

그러나 머릿속에 떠오른 생각을 말로 표현하기가 쉽지 않았다. 겨우 입을 열었지만 하고 싶은 말은 하지 못했다. 결국엔 바보 같은 말을 장황하게 늘어놓느니 차라리 짧게 끝내는 게 낫겠다는 생각이 들었다.

"그냥 전부 단테스럽지 않아?"

그러자 아이들이 한꺼번에 웃음을 터뜨렸다. 아르다의 생각을 비웃는 게 아니라 그 말에 깊이 공감해서였다. 무엇보다 아르다의 표현이 마음에 쏙 들었다.

"아르다, 너 언어의 마술사 아냐?"

"맞아, 《신곡》은 엄청 단테스럽지!"

"아니, 〈지옥〉 편만 그런 거지. 〈연옥〉 편이나 〈천국〉 편을 단테스럽다고 말할 사람은 없을걸?"

분위기가 한결 부드러워졌다. 아르다는 여태 무언가에 결박당한 느낌이었다면, 지금은 자유를 얻은 듯한 기분이 들었다. 그 덕분에 좀 더 솔직해질 수 있었다.

"사람들이 아는 건 〈지옥〉 편뿐이야. 불건전한 매력 같은 게 있어서 인기가 많은 것 아닐까? 그래서 〈연옥〉이나 〈천국〉 편은 오히려 인기가 없는 거지."

아이들이 다시 와르르 웃음을 터뜨렸다. 아르다는 이제 용기가 생겨서 원래 하려던 말까지 술술 내뱉었다. 아무리 길고 복잡하게 말해도 문제 될 게 없었다. 자신의 이야기를 호의적으로 들어주는 청중들이 있으니까.

"내가 원래 하고 싶었던 말은……. 음, 단테는…… 어쩌면 성적 욕구가 왕성했던 게 아닐까?"

맙소사! 말해 버리고야 말았다. 곧이어 아이들 입에서 탄성이 쏟아져 나왔다. 새빨갛게 달아오른 뺨과 불안한 듯이 반짝이는 눈동자 때문에 아르다는 한층 더 귀여워 보였다.

"내 생각엔 단테가 좀 인색했던 것 같아. 하지만 믿을 만하고 고귀한 사람이었다고 생각해. 나라면 단테를 신뢰했을 거야. 결론은 단테가 좋은 사람이었을 거라는 거지."

아르다는 이야기를 너무 장황하게 늘어놓은 것 같아서 곧바로 자책했다. 그런데 정작 아이들은 아르다의 이야기를 더 듣고 싶어서 안달이 난 표정을 지었다.

"아르다, 그렇게 생각한 이유는 뭐야? 궁금해."

온디나가 물었다. 아르다는 애써 미소를 감추며 대답했다.

"책에서 가장 가벼운 형벌을 받은 죄가 색욕이기 때문이야. 음탕한 사람들은 고작 돌풍에 이리저리 휩쓸리는 벌만 받잖아. 그게 그렇게 끔찍한 벌은 아니지 않아? 바람에 떠밀리는 게 즐거울 때도 있고. 안 그래? 그래서 단테에게 색욕은 그리 큰 죄가 아니었나 보다, 하고 추측한 거야. 단테 스스로 큰 죄를 지었다고 느끼지 못했기 때문에 형벌도 가벼웠던 거 같아서.

또 단테가 좀 인색하다고 생각했던 건 일곱 가지 대죄 가운데 하나로 탐욕을 인정하면서 그걸 낭비와 동급으로 생각한 것 때문이야. 사실 낭비는 일곱 가지 대죄에 속하지 않거든. 복음에는 관용을 베풀어야 한다고 나와 있지만……. 단테라면 이렇게 말했겠지. 인색해서도 안 되지만 돈을 낭비해서도 안 된다고 말이야."

"맞아, 그런 것 같아!"

제니퍼가 아주 큰 소리로 맞장구쳤다.

"단테가 믿을 만하고 고귀한 사람이라고 확신한 건, 배신자들과 불성실한 자들에게 가장 참혹한 벌을 주었기 때문이야. 연못 속에서 꽁꽁 얼려 버리다니, 진짜 끔찍하잖아. 안 그래?"

"아르다, 너 정말 대박이야!"

온디나가 존경스럽다는 표정으로 외쳤다. 반에서 가장 똑똑한 아이에게 인정을 받다니! 아르다는 진심으로 기뻤다.

"그 의견 정말 괜찮다. 아르다, 방금 한 말 칠판에 적어 줘. 우리 과제의 핵심 내용이 될 수 있을 것 같아. 너희 생각은 어때?"

다들 홍에 겨워 동의했지만 비엔나는 생각이 조금 다른 듯했다.

"글쎄, 난 좀……."

아이들의 시선이 일제히 비엔나에게로 쏠렸다.

"난 우리가 가장 증오하는 결점은 바로 우리 자신이 가진 결점이 아닐까 싶거든."

비엔나의 의견에 이의는 없었다. 아르다도 마찬가지였다. 해석의 차이였기 때문에 중요한 문제는 아니었다. 아르다는 비엔나에게 너그럽고 호의적인 모습을 보여 주고 싶었다. 그래서 고개를 연신 끄덕이며 공감을 표현했다. 하지만 비엔나는 그런 아르다의 시선을 슬그머니 피했다.

그때 문이 열리더니 알마 선생님이 비엔나를 불렀다.

"비엔나, 잠깐 나와 볼래?"

아이들 앞에서 이야기하지 못하는 것을 보니 좋은 소식이 아닌 듯했다. 비엔나는 불안한 표정으로 교실 밖으로 나갔다. 아이들은 당황해서 서로를 멀뚱멀뚱 쳐다보며 잠자코 기다렸다.

잠시 후 비엔나가 다시 교실로 돌아왔다. 밖에서 울었는지 얼굴이 새빨개진 채 훌쩍이며 말했다.

"엄마가 아프시대."

아이들은 깜짝 놀라 비엔나를 위로했다. 비엔나는 울먹이며 아르다를 꼭 끌어안았다.

"아르다, 난 여기를 떠나기 싫어. 무서워. 치료가 다 끝나지도 않았는걸."

아르다도 비엔나가 떠나는 게 싫었다. 자기를 가장 잘 이해하는 친구가 떠나면 버림받은 기분이 들 것 같았다. 휴대폰도, 친구도 없이 감옥에 홀로 갇힌 기분이 들 게 분명했다. 친구가 떠나더라도 언제든 원할 때 이야기를 나눌 수 있다면……. 영원히 헤어지는 게 아니라는 걸 알고 있었지만 이 상황을 받아들이는 게 쉽지만은 않았다.

그러나 비엔나는 당장 떠나야만 했다. 아빠가 인터넷에 딸을 찾는 글을 올려, 아픈 엄마가 '사랑하는 딸'과 이야기를 나누고 싶어 한다고 호소했기 때문이다. 물론 이것은 아그라마 요원들이 짜 놓은 덫에 불과했다. '사랑하는 딸'이라는 말에 비엔나가 꼼짝하지 못하리라는 점을 이용한 것이었다. 모든 것이 철저히 계산되어 있었다.

센터 관리자들은 비엔나가 경찰이나 트리플우베에 들키지 않고 집으로 갔다가 다시 돌아올 수 있도록 복잡한 전략을 세웠다. 하지만 센터 주변에 잠복해 있던 아그라마 요원들은 그들의 목표물이 잔꾀를 부리는 모습을 지켜보며 낄낄거렸다.

아르다는 비엔나가 센터를 떠나자 눈물을 멈추지 못했다.

"비엔나가 제 옆에 있었으면 좋겠어요."

킴 박사가 다정하게 위로해 주었다.

"세상은 우리가 원하는 대로만 흘러가지 않아. 그래서 온갖 어려움 속에서도 살아남는 방법을 배워야 하는 거야. 실패를 극복했을 때 우린 더 강해지거든. 널 좋아하는 친구들이 많이 있다는 걸 잊지 마."

아르다는 눈물을 삼키며 이 상황을 받아들이기 위해 노력했다. 더 이상 예전처럼 자신의 감정을 모른 척하지 않았다. 무엇보다 다른 사람들과 더불어 살아가는 데 익숙해지고 있었다.

수상한 낌새

셀렉토 에스코리우엘라 사립 학교에서는 휴대폰은 물론이고 전자 기기는 일절 사용하지 않았다. 외부와의 연락은 구식 유선 전화망을 사용했는데, 학교 건물 위를 날아다니는 감시용 드론들은 이 통신 수단을 감지하지 못했다. 비밀 결사대가 쓰는 가라바토라는 전파 송수신 시스템 때문이었다. 그 덕분에 학교 측은 그란우르베의 다른 건물들처럼 휴대폰 사용이 활발히 이루어지고 있는 듯이 교묘하게 꾸밀 수 있었다.

비엔나가 차를 타고 센터 밖으로 나가자마자 아그라마 요원들은 그 차에 위치 추적기를 달았다. 그 순간, 센터의 경비 팀장은 건물 주변을 에워싸고 있는 수많은 전파의 존재를 알아챘다. 경비 시스템이 외부 전파를 포착해 추적하기 시작했다. 센터를 염탐하려는 시도는 다름 아닌 학교 앞 건물에서 감지되었다. 곧바로 센터 벽에 붙어 있는 소형 마이크와 지붕에 있는 드론의 존재가 드러났다.

킴 박사가 허리에 차고 다니는 기기에서 경보음이 울리더니, 경비 팀장이 보낸 메시지가 떴다.

도청당하고 있어요. 아무 말 하지 말고 사무실로 오세요.

박사는 닐의 방으로 가서 평소와 다름없는 목소리로 말했다.

"닐, 잠깐 이야기 좀 할까?"

닐은 박사의 눈빛에 서린 불안감을 눈치채고는 아무 내색도 않은 채 자연스럽게 방을 나섰다. 박사는 경비 팀장이 보낸 메시지를 닐에게 슬쩍 보여 주었다. 사무실에 가 보니 경비 팀장이 기다리고 있었다. 책상 위에 놓인 수첩에는 '말하지 말 것. 문자로 소통하겠음.'이라고 적혀 있었다. 박사와 닐은 경비 팀장이 가리키는 의자에 앉아 컴퓨터 모니터를 바라보았다. 문서 프로그램에 사건의 개요가 적혀 있었다. 곧이어 키보드를 두드려 대화를 나누기 시작했다.

경비 팀장 : 센터가 발각되었어요. 밖에서 감시 중.

세 사람은 걱정스러운 시선을 주고받았다.

닐 : 왜 바로 쳐들어오지 않을까요?

경비 팀장 : 조만간 쳐들어올 테지.

킴 박사 : 뭔가 더 큰 걸 준비하고 있는 게 틀림없어.

박사의 추측에 닐이 고개를 끄덕이며 의견을 썼다.

닐 : 아르다를 구할 생각은 없는 것 같아요.

경비 팀장 : 현장에서 우릴 체포할 생각도 없는 것 같아.

경비 팀장의 글에 닐이 물음표를 써 넣자 킴 박사가 신중하게 대답했다.

킴 박사 : 지금 당장은 그 이유를 알 수 없지만, 분명한 건 빨리 여길 떠나야 한다는 거야.

다시 침묵이 흘렀다.

닐 : 어디로요?

킴 박사 : 오래전에 준비했던 플랜 B를 실행할 때야. 추적당하지 않을 만한 장소와 보안 시스템을 구상해 뒀거든. 잃어버린 계곡이라는 곳에 있는 작은 농장인데, 이곳에서 임무를 계속할 수 없을 때를 대비해서 생각해 둔 곳이야.

경비 팀장 : 하루 만에 여길 철수하는 건 불가능해요.

경비 팀장이 지적했다.

킴 박사 : 떠날 준비를 끝낼 때까지 저들이 들이닥치지 않기만을 바라야지. 우리가 그들의 존재를 눈치챈 걸 저쪽도 알고 있나?

경비 팀장 : 거기까진 아직 모르겠어요. 이제부터 뒤를 밟아 보면 무슨 꿍꿍이인지 알아낼 수 있겠지요.

닐 : 아이들에게는 뭐라고 말하죠?

경비 팀장 : 아직은 아무 말도 할 필요 없어. 출발하기 전까지는 평소처럼 지내면 돼.

행복 임상 시험

집에 도착한 비엔나는 달라진 집 안 분위기를 금세 눈치챘다. 커텐을 쳐서 외부의 빛이 들어오지 못하게 막은 데다, 실내조명은 희미하고 어두워 아늑한 기분이 들었다. 게다가 엄청나게 큰 LED 스크린이 벽 사방에 도배되다시피 설치되어 있었다. 백사장으로 파도가 밀려드는 모습이며 귀여운 아이들이 눈을 천천히 깜빡이는 모습 등……, 보고 있으면 마음이 편안해지는 영상들이 연달아 나왔다.

이따금 '고난 없이는 영광도 없다.' '좋아하는 것과 소유하는 것을 혼동해선 안 된다.' '무언가를 하지 않는 건 그것을 좋아하지 않기 때문이다.' '오늘의 성공은 내일의 성공을 위한 디딤판이다.' '환경을 바꾸면 너 자신이 변화할 것이다.' 등 삶의 지혜가 담긴 문구들이 불쑥 튀어나오기도 했다.

비엔나는 눈이 휘둥그레진 채 집 안을 둘러보다가 정신을 차리고 엄마의 안부를 물었다.

"엄마는요? 도대체 어디가 아프신 거예요?"

"지나친 사랑과 그리움 때문에 생긴 마음의 병이래. 엄마가 널 얼마나 많이 보고 싶어 했는지 아니? 엄마를 치료할 수 있는 사람은 오로지 너뿐이야."

비엔나 아빠가 미리 외워 둔 말을 전하듯이 재깍 대답했다.

"지금 어디에 계세요?"

"주방에 있어. 곧 올 거야."

"아픈데 주방에 계시다고요?"

"엄마는 건강 조합에서 추천한 아주 혁신적인 치료법을 따르고 있어. 통신 조합과 공동으로 진행하는 임상 시험에 우리가 참여할 수 있도록 각종 설비도 마련해 줬지. '행복'이라는 이름의 새로운 치료법인데, 잃어버린 신중함과 분별력을 되찾을 수 있게 도와준대. 임상 시험으로 치료 효과가 입증되면, 통신 회사 측에서 나에게 중요한 직책을 맡길 거라고도 했어. 텔레글로벌이나 트리플우베, 판시네마, 글라스키 같은 곳 말이야. 그건 그렇고, 엄마가 널 얼마나 그리워했는지 몰라!"

비엔나는 아빠가 하는 말에 도통 집중하기가 어려웠다. 스크린에서 귀가 따갑도록 반복해서 들려오는 속삭임 때문이었다. 게다가 마룻바닥에서 자꾸만 탁탁탁 하는 소리가 울리는 게 몹시 거슬렸다.

"비엔나, 무엇보다 이 임상 시험에 네가 꼭 필요해. 그 사람들 말로는 너처럼 나이가 어린 사람에게서 더 좋은 결과가 나올 거래."

그때 비엔나의 엄마가 파스타 접시를 든 채 주방에서 나왔다. 아픈 사람이라고 생각할 수 없을 만큼 생기가 넘치는 모습이었다.

"사랑하는 내 딸!"

비엔나는 뭔가 이상하다는 생각을 하기도 전에 '사랑하는'이라는 말 한 마디에 마음이 말캉하게 녹아 버렸다. 그 순간에도 사방의 벽을 둘러싸고 있는 스크린에서는 갖가지 영상들이 어지럽게 흐르고 있었다.

"엄마, 몸은 좀 어때요?"

"걱정 마. 괜찮으니까. 아니, 아주 좋아! 너 주려고 이렇게 파스타도 만들었잖니? 한 입 먹어 봐."

비엔나는 엄마가 내미는 포크로 파스타를 먹었다. 과거의 따뜻한 추억을 떠오르게 하는 맛이었다.

"사랑하는 비엔나, 집에 잘 왔어."

비엔나는 다시 그 말에 마음을 빼앗겼다. 집 안 곳곳에서는 '좋아하는 것과 소유하는 것을 혼동해선 안 된다.'는 말이 반복적으로 들려왔다. 비엔나는 아빠가 자기 손에 휴대폰을 슬쩍 쥐어 주며 웃는 것을 보고는 소스라치게 놀랐다. 너무 당황한 나머지 몸이 뻣뻣하게 굳은 채 뒷걸음질을 했다. 휴대폰에 손을 대다니!

"안 돼, 안 돼요."

비엔나는 자기가 아직 휴대폰 중독에서 완전히 벗어나지 못했다는 사실을 누구보다 잘 알았다. 솔직히 말하면, 휴대폰이 손에 닿는 순간 짜릿한 기분마저 들었다.

"겁먹을 것 없어."

비엔나 엄마가 웃으며 말을 이었다.

"너에게 꼭 필요한 애플리케이션이 몇 개 깔려 있어. 그중 하나가 휴대폰 중독을 벗어날 수 있게 도와줄 거야."

그때 스크린과 휴대폰 화면에 졸음 가득한 눈이 클로즈업된 영상이 나왔다. 사방에서 탁탁탁 하는 소리가 연신 들려왔다.

"네가 긍정적이고 낙천적인 사람이 되도록 도와줄 거야."

비엔나는 아빠 말을 듣자마자 느닷없이 떠오르는 얼굴이 하나 있었다. 아르다 라미스. 비엔나는 아르다처럼 긍정적이고 낙천적인 사람이 되고 싶었다. 그 애가 부러웠다. 그런데 왜 지금 아르다 생각이 나는 걸까? 비엔나의 머릿속은 순식간에 '내가 갖지 못한 것을 다 가진 아르다가 부럽다.'라는 생각으로 꽉 차 버렸다.

"중독을 치료한다고 휴대폰을 절대로 만지지 말라는 법은 없어."

"그건 정상이 아니지. 음악도 듣고 정보도 찾고 친구들과 소통도 해야 하는데, 그런 일상을 다 포기하고 살 수는 없잖아? 무언가를 하지 않는 건 그것을 좋아하지 않기 때문이다. 탁, 탁, 탁, 무언가를 하지 않는 건 그것을 좋아하지 않기 때문이다……."

"네? 방금 뭐라고 하셨어요?"

비엔나는 아빠가 말을 하다 말고 영상 속에서 들려온 문구를 되풀이하는 걸 듣고 깜짝 놀랐다. 그러나 아빠는 아무 일도 없었다는 듯이 빙긋 웃으며 말을 이었다.

"이 휴대폰에는 인터넷 접속을 차단하는 기능도 있어. 휴대폰을 너무 오래 사용하지 않도록 중단할 시간을 알려 주는 거야. 어때? 신중하고 분별력 있게 사용할 수 있겠지?"

"안 돼요. 못 해요."

"비엔나, 할 수 있어."

"그래, 조금만 노력하면 돼."

비엔나와 부모가 옥신각신하는 동안, 스크린에서는 빙글빙글 도는 소용돌이, 백사장으로 밀려오는 파도, 졸음 가득한 눈이 클로즈업된 영상이 반복적으로 흘러나왔다. 잠을 부르는 듯이 나직한 음악과 함께 틱, 탁, 틱, 탁, 핌, 팜, 핌, 팜 하는 정체를 알 수 없는 마찰음도 들려왔다.

비엔나는 차츰 긴장이 풀리면서 졸음이 쏟아지기 시작했다. 스크린에서 나오는 영상들이 머릿속에서 뒤죽박죽 섞이더니 금세 현실과 상상을 분간할 수 없게 되었다. 세 사람은 거실로 가서 소파에 앉았다. 엄마와 아빠가 자신을 꼭 껴안아 주자, 비엔나는 행복해서 미소가 절로 나왔다.

소파 앞의 벽에 달린 거대한 스크린에서는 엇비슷해 보이는 문구가 반복적으로 나오고 있었다. 탁, 탁, 탁. '오늘의 성공은 내일의 성공을 위한 디딤판이다.' 탁, 탁, 탁. '오늘의 실패는 내일의 성공을 위한 디딤판이다.' 탁, 탁, 탁. '오늘의 성공은 내일의 실패를 위한 디딤판이다.'

비엔나는 스크린을 바라보며 방긋 웃었다. 아무 생각도 나지 않게 하는 이상한 영상들을 멀뚱멀뚱 바라보고 있자니 기분이 엄청나게 좋아졌다.

"비엔나, 걱정 마."

"그럼! 휴대폰이나 스크린을 보는 걸 겁낼 필요 없어. 충분히 봤다고 깨닫는 순간, 스스로 끌 수 있게 될 테니까. 꼭 그렇게 될 거야."

비엔나는 행복한 꿈을 꾸었다. 모든 것이 천천히, 그리고 제대로 흘러가고 있었다. 조금 전까지만 해도 악몽을 꾸는 것처럼 숨이 턱 막힐 지경이었지만, 어느 순간부터 이 꿈이 마음에 들기 시작했다. 비엔나는 자기가 조금씩 변화하고 있다는 것을 느꼈다. 아주 놀라운 기적을 경험하는 중이었다.

'다른 이들은 실패했지만 우리는 할 수 있습니다.' 탁, 탁, 탁. 스크린 속에서 둥둥 떠다니는 그 문장들은 분명한 사실이었다. 비엔나는 엄마와 아빠가 한 말을 되짚어 보았다. 임상 시험에 참가하는 조건으로 조합에서 원하는 것을 다 들어준다고 했던가? 비엔나는 자기가 원하는 것이 무엇인지 확실하게 깨달았다.

꿈속에서 비엔나는 주사기를 들고 있었다. 그 물건을 사용하기만 하면 세상은 지금보다 훨씬 좋아질 테고, 꿈도 이루어질 터였다. 아르다한테 주사를 놓기만 하면 모든 게 바라는 대로 될 것이다. 상냥하고 긍정적이며 자신감 넘치는 아르다가 되는 것!

곧이어 귀마개로 귀를 막기라도 한 것처럼, 뇌를 젖은 수건으로 감싸기라도 한 것처럼 희미하고 먹먹한 목소리가 반복해서 들려오기 시작했다.

자기가 원하는 것을 모두 가진 아르다. 비엔나는 그 애에게 주사를 놓고 몸속으로 파란 약물이 다 들어갈 때까지 피스톤을 꾹 누르기만

하면 되었다. 비엔나는 터져 나오는 웃음을 참을 수 없었다.

햇살이 좋은 일요일 오후, 비엔나는 감았던 눈을 떴다. 따뜻하고 아늑한 조명 덕분에 바깥 날씨 같은 건 이제 상관없었다. 스크린을 켜면 더욱 멋진 날이 되었으니까. 스크린에서는 평화롭고 긍정적인 세상을 보여 주었다. 어떤 문제든지 해결할 수 있고 늘 승리할 수 있다고 용기를 북돋워 주었다.

비엔나는 지금처럼 행복했던 적이 없었다. 그래서 부모님을 꼭 껴안고 웃으며 소리쳤다.

"저 휴대폰 쓸래요. 휴내폰 주세요!"

"우리가 뭐랬니? 휴대폰이 널 치료해 줄 거라고 했잖아."

"그럼 이제 제가 원하는 대로 될 수 있을까요?"

"물론이지."

"지금 당장요?"

"그럼! 네가 원하는 게 있다면 뭐든지 얻을 수 있어. 기다리는 걸 좋아하는 사람이 어디 있니? 세상은 계속해서 움직이는데, 헤엄치지 않으면 가라앉기밖에 더 하겠니? 움직이지 않으면 죽은 것이나 마찬가지야."

비엔나의 부모는 어느 때보다도 다정했다. 곧이어 비엔나 엄마가 딸을 위해 준비한 선물을 건네주었다. 생리대 한 상자였다. 그 안에는 아주 놀랄 만한 것이 들어 있었다. 비엔나의 꿈속에 나왔던 주사기가 숨겨져 있었던 것이다. 세 사람은 요란하게 몸을 흔들며 미친 듯이 웃었다. 왜 웃음이 나오는지 몰랐지만, 도무지 멈출 수가 없었다.

비엔나 아빠가 웃음을 가까스로 참으며 말했다.

"비엔나, 이제 센터로 돌아가야지?"

플랜 B

조르드는 가슴이 답답해서 의자에 앉아 숨을 크게 들이마셨다. 옛날 사람들이 심장을 사랑과 관련된 중요한 기관이라고 믿었다는 게 조금도 이상하지 않았다. 심장이야말로 가슴 한가운데서 견디기 힘든 압박감을 오롯이 느끼는 기관이니까. 근심, 걱정, 불안은 질병의 징후였다. 조르드는 상사병에 시달리고 있었다. 보이지 않는 잔인한 힘에 압도당한 기분이었다. 코와 입을 틀어 막히기라도 한 듯이 숨 막혀 죽을 것만 같았다. 무엇보다 스스로가 얼간이처럼 느껴져 참을 수가 없었다.

그때 집 안 어디에선가 전화벨이 울렸다. 조르드는 자리에서 벌떡 일어나 옷장 문을 벌컥 열었다. 유선 전화기에서 벨 소리가 쩌렁쩌렁 울리고 있었다. 조르드는 트리플우베가 절대로 도청하지 못할 거라고, 위험한 일은 결코 없을 거라고 자신을 안심시킨 뒤 조심스럽게 수화기를 들었다.

"여보세요?"

"조르드, 나야. 닐."

닐의 목소리를 듣는 순간 다시 불안이 엄습했다. 집으로 전화를 한 것은 긴급 상황이 벌어졌다는 의미였다.

"무슨 일 있어?"

"센터가 발각됐어."

닐이 무거운 목소리로 대꾸했다. 조르드는 하도 놀라서 자기도 모르게 목청을 높였다.

"발각되다니? 체포당한 거야?"

"아니, 아직은. 왜 여태 잠잠한 건지 잘 모르겠어. 대체 뭘 기다리는 건지……. 우리가 아는 거라곤 지금 포위된 채 도청당하고 있다는 것뿐이야."

"설마 이 전화도?"

"도청 장치는 다 찾아서 처리했어. 당장은 이 대화를 들을 수도, 녹음할 수도 없으니 걱정 마. 발각된 걸 모르는 척하며 평소대로 행동하고 있지만, 가능한 한 빨리 이곳을 떠날 계획이야. 너희는 우리가 없어도 계속해서 싸워야 해."

"어디로 가는데?"

"박사님한테 플랜 B가 있어. 작은 농장으로 가."

조르드는 혼자 덜렁 버려진 듯한 기분이 들었다. 혼자서는 비밀 결사대를 꾸려 나갈 자신이 없었다. 게다가 아르다 생각에 몹시 초조해졌다.

"아르다는?"

조르드가 물었지만 닐은 쉽사리 대답하지 못했다. 잠깐의 침묵 뒤에 대답이 이어졌다.

"아르다도 우리랑 같이 가고 싶어 해."

아르다의 치료가 끝났다는 의미였다. 그와 동시에 이렇게 헤어지면 다시는 아르다를 만날 수 없을 거라는 뜻이기도 했다.

"나도 너희와 함께 가고 싶어."

"조르드, 그건 안 돼. 비밀 결사대는 네가 필요해. 만에 하나 결사대를 해체하고 대원들을 보호해야 하는 일이 생기면, 그 일을 네가 맡아야 해."

"하지만 닐……, 너도 알잖아. 아르다와 이렇게 헤어질 순 없어. 난 그 애가 이곳으로 돌아오길 바란다고. 아르다와 직접 얘기할 수 있을까?"

"물론이지."

곧바로 아르다가 수화기를 넘겨받았다.

"조르드?"

"아르다! 몸은 좀 어때? 괜찮아?"

"응, 너한테 고맙다고 말하고 싶었어. 너랑 박사님, 그리고 닐이 날 살렸어."

조르드는 아르다 곁에 닐이 있다는 생각에 질투가 났다.

"농장에 있는 네 모습은 상상이 잘 안 돼."

"자연의 향기를 맡으며 자유롭게 지낼 수 있는 곳이래."

"아르다, 그럼 우리 이제 다시는…… 볼 수 없는 거야?"

아르다는 무슨 말을 해야 할지 몰라 입을 꾹 다물었다. '이제 다시는'이라는 말이 넘을 수 없는 산처럼 아득하게 느껴졌다.

"네 마음을 아프게 한 거 미안해. 내가 너무 서툴렀어."

"아니야, 그땐 내가 널 이해하지 못했던 거야."

"다 잊어버려."

"잊지 않을 거야. 조르드, 미안해."

아르다의 목소리에 물기가 묻어났다.

곧이어 닐이 다시 수화기를 들고 말했다.

"조르드, 이제 끊어야 해. 당분간은 너도 숨어 있는 게 좋을 거야. 이제부터 상황이 어떻게 돌아갈지 모르겠지만 진심으로 행운을 빌게."

조르드는 수화기를 내려놓은 뒤 눈물을 닦으며 코를 훌쩍였다.

한편, 센터 근처에서 잠복하고 있던 요원들은 누군가 유선 전화를 사용했다는 사실을 감지했지만 통화 내용을 알아내지는 못했다. 센터 안에서 무슨 일이 벌어지고 있는 게 확실했다. 요원들은 센터가 감시당하고 있다는 사실을 눈치채고 도망갈 준비를 하고 있을 가능성이 크다고 결론지었다. 곧바로 작전 개시 명령이 떨어졌다. 비엔나가 센터로 돌아오자마자 모든 요원이 출동할 수 있도록 만반의 준비를 했다.

그 시각, 센터 안에서는 아르다가 닐을 끌어안고 엉엉 울고 있었다.

아르다는 자신을 괴롭히는 비이성적인 감정들 때문에 혼란스러웠다. 뭐라고 정의할 수도, 붙잡을 수도 없는 기분이 들었다. 머릿속에는 온통 조르드 생각뿐이었다. 가까스로 울음을 멈춘 뒤에도 센터 내부를 정처 없이 오가며 조르드 생각을 했다. 뭘 해야 할지 몰라 멍했다. 곧 이사를 갈 작은 농장을 떠올려 보려 해도 아무것도 생각나지 않았다. 무슨 생각을 하든 그 끝에는 조르드가 자기 곁에 없다는 결론이 나와 괴로웠다. 아르다는 조르드를 여전히 좋아하고 있다는 사실을 인정할 수밖에 없었다.

마지막 게임

내일이면 센터는 영영 문을 닫고 비밀 결사대 지도자들과 지원자들은 그란우르베를 떠날 계획이었다. 위치 추적이 되지 않는 자동차에 나눠 탄 뒤 자연이 지배하는 세상에 닿을 때까지 황폐한 도로 위를 달리고 또 달리게 될 터였다.

다만, 셀렉토 에스코리우엘라 사립 학교는 그대로 남아 선생님들과 아이들이 평범한 일상을 꾸려 나갈 예정이었다. 그곳에서는 이제 그 어떤 종류의 중독도 치료하지 않을 것이다. 그들은 다시 휴대폰을 합리적으로 사용하면서 킴 박사를 만나기 전처럼 생활할 테니까.

체육관에서 작별 파티가 열렸다. 음식이 담긴 커다란 접시와 주스 잔이 테이블 위에 놓여 있었고, 스피커에서는 지난 세기의 음악이 흘러나왔다. 벽면의 스크린에서는 최근 몇 년 동안 센터에서의 시간을 추억하게 하는 영상이 끊임없이 재생되었다.

잠시 후, 몇몇 아이들이 나서서 춤을 추기 시작했다. 아르다 역시 비장한 얼굴로 체육관을 가로질러 닐 앞에 우뚝 멈추어 섰다. 옛날 영화에나 나올 법한 주인공처럼 짐짓 과장된 몸짓을 하며 이렇게 물었다.

"저랑 같이 춤출래요?"

닐은 웃으면서 망설이다가 결국 아르다의 청을 받아들였다. 두 사람은 서로의 허리를 팔로 두르고 어깨에 손을 올렸다. 20세기에 유행하던 음악과 춤이었다. 상대방의 온기와 체취를 고스란히 느낄 수 있을 만큼 바짝 붙어 서 있다니! 모두 김 박사의 노력이 이루어 낸 성과였다.

닐이 아르다의 눈을 가만히 바라보다가 먼저 입을 열었다.

"무슨 생각 해? 혹시 조르드?"

"응, 계속 그 애 생각이 나."

"어떻게 할 생각이야?"

"떠나는 수밖에 없어. 그란우르베로 돌아가면 휴대폰 중독이 재발할 게 뻔해. 중독된 사람들이 그렇게나 많은 건 휴대폰이나 트리플우베 때문만은 아니야. 그 사회가 그렇기 때문이지. 서로 관계를 맺는 방식이 그런 거니까. 무엇을 보는지, 어떻게 살아야 할지 생각하지 않고 휴대폰에 코를 박고 지내야만 살아남을 수 있는 곳이잖아. 그런 곳으로 돌아갈 수는 없어."

"하지만 조르드는 어떡하고? 그냥 이대로 잊을 거야?"

"절대로 잊지 못하겠지."

"그럼?"

그 순간, 비엔나가 체육관으로 들어왔다.

비엔나는 한 시간 전에 센터에 도착해 짐을 풀고 오는 길이었다. 돌아오는 차 안에서 극심한 두통과 호흡 곤란을 겪었지만, 센터에 도착하자마자 언제 그랬냐는 듯이 멀쩡해졌다.

심지어 더할 나위 없이 기분이 좋았다. 지난 며칠 동안의 일들이 정확히 기억나지 않았지만, 어쨌든 당장은 희망으로 가득 차 있었다. 예전보다 훨씬 더 나은 사람이 될 수 있다는 믿음과 그걸 지지해 주는 부모님이 있었으니까.

비엔나는 자기도 아르다처럼 상냥하고 긍정적이며 단호하면서 자신감 넘치는 사람이 될 수 있다는 걸 보여 주었던 영상을 똑똑히 기억했다. 자신에 대한 확신을 가진다면 꼭 그렇게 될 거라고 믿어 의심치 않았다. 아니, 반드시 그렇게 되어야만 했다.

그래서일까? 비엔나는 센터에 관한 엄청난 소식을 듣고도 크게 놀라지 않았다. 트리플우베가 센터를 찾아내는 바람에 이곳을 떠나 오지에 있는 작은 농장으로 옮겨야 한다는 얘기에도 그저 눈을 한 번 깜빡일 뿐이었다.

"비엔나, 넌 어떻게 하고 싶니? 잘 생각해 봐. 여길 떠나 우리와 함께 가면 예전 삶과의 연결 고리는 다 끊어야 돼. 같이 가고 싶니? 아니면 여기에 남을래?"

킴 박사가 차분하게 물었다.

"모르겠어요. 너무 당황스러워요. 생각할 시간을 좀 주세요. 설마 지금 당장 떠나는 건 아니죠?"

"내일 아침에 떠날 거야."

"내일 아침이요……."

비엔나의 마음속에서 다양한 감정들이 깨어났다. 그걸 인지하고 받아들이는 것은 물론이고, 필요할 때는 숨기는 법을 이미 알고 있었다. 불같이 치솟는 분노를 숨긴 채 아무렇지 않은 척하며 고개를 갸우뚱하면 그만이었다. 망설이고 고민할 시간이 없었다.

비엔나는 얼른 화장실에 들어가 부모님이 선물해 준 팔찌를 작동시켰다. 겉으로는 흔한 액세서리처럼 보였지만 실은 트리플우베가 만든 정교한 송신기였다. 그 송신기 덕분에 박사를 비롯해 비밀 결사대 지도자들과 몇몇 아이들이 24시간 내에 센터를 떠날 거라는 따끈따끈한 소식이 이웃 건물에서 잠복 중인 이들에게 고스란히 전해졌다. 아그라마 요원들은 서둘러 니콜라스 반장에게 연락하고 분주하게 움직이기 시작했다.

닐과 함께 춤을 추던 아르다가 비엔나를 발견하고 환하게 웃으며 다가왔다. 하지만 비엔나의 표정을 보고는 멈칫하며 얼어붙었다. 아주 잠깐이었지만 자기를 향한 적대감을 느꼈던 것이다.

비엔나는 옆에 놓인 농구공을 집어 들더니 아르다에게 대뜸 도전장을 내밀었다.

"아르디야, 한 게임 할래? 나한테서 공을 뺏어 봐!"

아르다는 무슨 일이 벌어질지 짐작도 하지 못한 채 비엔나의 도전을 받아들였다. 그저 이곳에서 하는 마지막 게임이라고 생각했다. 치렁치렁한 옷이 농구를 하기에 적합하지는 않았지만 아랑곳없이 곧장 수비 태세를 취했다. 비엔나는 아르다를 재빠르게 따돌린 뒤, 림 중앙을 향해 공을 조준하며 외쳤다.

"날 막을 수 있을 것 같아?"

그러고는 껑충 뛰어 골을 넣었다. 아르다는 자존심이 상하고 화도 났다. 비엔나의 공격을 막는 것은 둘째치고 단 한 번만이라도 공을 빼앗고 싶었지만 아무래도 역부족이었다. 비엔나가 아르다를 놀리듯이 거듭 골을 넣으며 빈정거렸다.

"수비하는 사람 어디 갔어? 왜 이렇게 못 막아!"

심지어 림을 맞고 튕겨져 나온 공을 다시 붙잡아 골을 넣기까지 했다. 어느새 아르다의 얼굴에는 미소가 사라졌다. 비엔나가 이렇게까지 모멸감을 주면서 자기를 이겨야 할 이유가 없었다. 평범한 게임이었다면 기꺼이 항복하고 친구의 승리를 함께 기뻐했을 것이다. 그러나 그건 비엔나가 원하는 게 아닌 것 같았다. 어쩌면 자기에게 벌을 주거나 복수를 하는 건지도 모른다는 생각마저 들었다.

아르다는 이를 악물었다. 또다시 비엔나가 득점을 하게 내버려 둘 수는 없었다. 그사이에 비엔나가 공격 태세를 취하며 드리블을 시작했다. 아르다는 바닥에 공이 떨어질 때 가로챌 생각이었지만, 이번에도 비엔나가 한발 빨랐다.

비엔나는 아르다를 밀치면서 멀어졌다가 이내 가까이 다가왔다. 아르다를 노려보는 눈빛이 날카롭다 못해 매섭기까지 했다. 아르다에게

공을 패스해 주며 득점할 기회를 주었던 과거의 친절한 비엔나는 이곳에 없었다. 그저 자신이 아르다보다 훨씬 더 잘났다는 것을 증명하기 위해 혈안이 된 듯했다. 그 사실을 누구도 의심하지 못하도록 똑똑히 보여 주고 과시하려는 것만 같았다. 비엔나는 흠잡을 데 없이 완벽한 발놀림으로 빙그르르 돌더니 완벽한 정지 자세에서 공을 휙 던졌다.

"아르디야, 오늘 왜 그래? 컨디션이 나빠?"

아르다는 정신 나간 사람처럼 이리저리 뛰어다녔다. 농구를 한다기보다는 자기에게 망신을 주는 사람의 공격을 막아 내는 데 온 힘을 쏟고 있었다.

"너 잘났으니까 제발 그만 좀 해!"

아르다가 참지 못하고 소리를 꽥 질렀다.

비엔나는 아랑곳없이 드리블을 하더니 우아한 동작으로 다시 한번 공을 던져 골을 넣었다. 세상에 그것만큼 쉬운 일이 없다는 듯이. 그러고는 승리자의 여유로운 미소를 지으며 두 팔을 활짝 벌린 채 아르다에게 다가왔다.

"아르디야, 내가 돌아왔는데 기쁘지 않아?"

아르다는 잠시 망설이다가 비엔나를 꼭 끌어안았다. 평정을 되찾자 자책감이 들었다. 비엔나는 악의 없이 시합을 제안하고 열심히 했을 뿐인데, 친구를 의심한 것 같아 후회스러웠다. 비엔나가 친근하게 아르다의 머리카락을 헝클어뜨렸다.

"진짜 농장으로 갈 거야?"

"응, 너는 안 가?"

아르다는 비엔나가 함께 떠나길 바라며 물었다.

"모르겠어. 생각할 시간도 없었잖아. 소젖을 짜고 풀을 베고 밭을 갈고……. 그런 일을 하면서 남은 평생을 살고 싶은 건지 아직 잘 모르겠어."

아르다는 비엔나가 겁을 먹은 것 같다고 생각했다. 하지만 엄마가 마음의 병을 앓는다는 것을 최근에 알았으니, 어쩌면 그게 정상적인 반응일지도 몰랐다. 아르다는 다정한 눈빛으로 친구를 가만히 바라보았다. 비엔나가 좋았다. 그 애도 자신을 좋아한다고 믿고 싶었다.

"아르다, 내가 널 좋아하는 거 알지?"

아르다는 비엔나의 말에 활짝 웃었다.

"나도 너 좋아해. 새삼스럽기는."

"이렇게 다시 만나니까 너무 좋아서 그래. 집에 있는 동안 네 생각을 엄청 많이 했거든."

아르다는 그 말에 놀라서 눈만 끔벅였다. 도무지 앞뒤가 맞지 않는 비엔나의 태도를 어떻게 이해해야 할지 알 수가 없었다.

기밀 사항

베아트릭스 경감은 납치 전담반에 들어서는 순간, 예사롭지 않은 분위기라는 걸 눈치챘다. 여기저기에서 흥분된 목소리가 동시에 터져 나왔고, 동료들은 긴장한 표정으로 자리에서 미친 듯이 키보드를 두드렸다.

중대한 긴급 작전을 준비하는 듯했다. 지시 사항을 얼른 확인해야 할 것 같았다. 경감은 급히 자리로 가느라 접견실 너머에서 반갑게 손을 흔드는 라이트 코스타를 보지 못하고 지나쳤다.

서둘러 컴퓨터를 켰지만 아무런 지시 사항이 없었다. 아무래도 작전에서 제외된 것 같았다. 그렇다고 동료들의 컴퓨터를 슬쩍 들여다보거나 어깨 너머로 훔쳐보는 것은 모양새가 그리 좋을 것 같지 않았다.

"기밀 사항이야."

가까이 앉은 동료가 경감을 쳐다보지도 않고 키보드를 두드리며 말했다. 작전에 동원된 이들은 긴급 호출을 받은 듯했지만, 경감은 아무런 연락도 받지 못했다.

니콜라스 반장을 찾아가자 대수롭지 않은 듯이 말했다.

"자네는 이번 작전에서 빠졌어."

"왜요?"

"우리가 작전을 수행하는 동안 따로 감시해야 하는 사람이 있어."

"누군데요?"

"이 모든 일을 배후에서 지시하는 사람, 조르드 야누."

"누구라고요?"

반장은 모니터에서 시선을 떼지 않았다.

"비밀 결사대의 새로운 리더로 의심되는 조르드 야누를 지켜봐야 한다고."

"그 정보는 어디에서 나온 거예요?"

"센터에서 조르드 야누에게 유선 전화로 연락을 했어."

"하지만 통화 내용은 알 수 없잖아요?"

"그래도 발신지와 수신지는 알 수 있지."

경감이 고개를 갸웃하며 물었다.

"그럼 조르드 야누의 집을 수색하면 되나요?"

"이미 가 봤는데 거긴 없어. 그러니 그 앨 찾아서 오늘 밤 열 시까지 이곳에 데려다 놔. 그 애가 온종일 무슨 일을 하고 돌아다녔는지도 상세하게 보고하고. 작전에 꼭 필요한 정보니까."

베아트릭스 경감은 반장이 자기를 떼어 버리기 위해 거짓말을 하고 있다는 걸 눈치챘다.

"그럼 다른 요원들은 납치된 여자아이를 찾으러 가나요?"

"그래."

"하지만 실종 신고를 한 사람이 없잖아요?"

반장은 무심코 대꾸하다가 경감에게 허를 찔렸다는 걸 알아차리자, 자리를 박차고 일어나 허둥지둥 달아나 버렸다. 경감은 잠시 생각을 정리한 뒤 복도로 나와 성큼성큼 걷기 시작했다. 그때 스피커에서 안내 방송이 흘러나왔다.

"베아트릭스 우앙가 경감은 지금 13번 접견실로 오시기 바랍니다."

경감은 이대로 발이 묶일지도 모른다는 생각에 방송을 못 들은 척하며 엘리베이터를 타고 지하 주차장으로 내려갔다. 주차장에는 출동 준비를 하는 승합차 네 대와 정복 차림의 경찰관 몇 명이 모여 있었다.

생각보다 상황이 더 심각한 것 같았다. 실종 신고조차 되지 않은 여자아이를 구하기 위해 대규모 인원이 투입되다니. 게다가 아그라마를 대놓고 비난한 일로 훈계를 받은 뒤 자신은 작전에서 제외되기까지 했다. 아무래도 치밀하게 계획된 비열한 술책이 있는 것 같았다.

경감은 재빨리 머리를 굴렸다. 승합차 네 대에는 적어도 서른여섯 명이 탑승할 수 있었다. 납치된 아이 한 명을 구하러 가기에는 지나치게 많은 숫자였다. 신문이나 황금 시간대 톱뉴스를 장식하기에 더할 나위 없는 연출로밖에 보이지 않았다.

그래서 두 번 생각하지 않고 곧장 행동에 나섰다. 과거 베스티스의 리더였던 시절은 물론이고 경찰로서 매일 위험을 무릅쓰는 임무를 수행하는 동안에도 마음 한편에는 죽음에 대한 두려움이 도사리고 있었다. 그러나 그 두려움이 경감을 막아 세운 적은 단 한 번도 없었다. 앞으로도 마찬가지일 터였다.

경감은 동료들에게 성큼성큼 다가가 태연하게 물었다.

"출동하나 봐?"

"응."

"어디로 가?"

"기밀 사항이라 말할 수 없어."

동료들이 경계하는 눈빛을 서로 교환하며 입을 꾹 다물었지만, 경감은 아무렇지 않은 듯이 대꾸했다.

"어쨌든 밤 열 시까지는 돌아올 거잖아."

반장이 그때까지 조르드에 대한 보고서를 준비하라고 지시한 건, 그 시각이면 집무실에 돌아와 있을 거라는 의미였다. 다시 말해 작전을 수행하는 목적지가 반경 이십 킬로미터 이내에 있다는 뜻이기도 했다.

"그걸 어떻게 알아? 작전에서 제외된 거 아니었어?"

경찰 한 명이 의아해하며 다른 경찰에게 조용히 물었다.

작전 출동까지는 아직 시간이 남아 있었다. 밤 열 시까지 돌아올 수 있는 위치라면 센터는 그란우르베 내에 있거나 라프론테라 외곽 어디쯤에 있는 게 분명했다. 경감은 자신의 추측이 맞아떨어진 것에 기뻐하며 가볍게 인사를 건넨 뒤 자신의 차에 올라탔다. 그길로 곧장 닐 옵스타트의 집으로 향했다.

널 아빠는 문을 직접 열어 주었지만 썩 반가워하는 표정은 아니었다. 눈에는 두려움이 서려 있었다. 어쩌면 당연했다. 이렇게 느닷없는 경찰의 방문은 위협적으로 느껴질 수밖에 없을 테니까. 경감은 조심스럽게 집 안으로 들어섰다. 지난번 만남의 화기애애했던 분위기를 떠올리게 하고 싶었다. 그러나 경감이 찾아온 이유를 밝히자마자 그들 사이의 짧은 평화는 순식간에 깨지고 말았다.

"조르드 야누를 찾아야 해요."

널 아빠는 억지로 웃어 보였지만 경계하는 표정을 감추지 못했다.

"그 애는 지금 여기에 없어요."

"위에서 내려온 명령이라 나도 어쩔 수가 없어요. 그런데 걱정스러운 게 있어서요. 솔직히 말씀드리자면 납치 전담반이 트리플우베 편에서 움직이고 있다는 의심이 들거든요. 경찰은 아르다라는 여자아이가 치료받고 있는 센터의 위치를 알아냈고, 아이를 구출할 준비를 하고 있어요."

널 아빠가 당혹스러운 표정으로 대꾸했다.

"대체 무슨 말씀인지 모르겠어요. 경찰이 트리플우베를 위해 일한다니……."

경감이 초조하게 시간을 확인하며 말을 이었다.

"작전에서 제외되었기 때문에 자세한 건 모르지만, 오늘 밤 작전이 시작돼 열 시면 모든 게 끝날 거예요. 그러니 센터는 끽해야 반경 이십 킬로미터 내에 있다는 뜻이겠죠. 시간이 없어요. 조르드를 만나서 센터가 어디에 있는지 알아내야 해요."

닐의 부모는 입을 꾹 다문 채 눈빛을 주고받았다. 닐 엄마가 조심스럽게 물었다.

"왜 우리가 조르드 있는 곳을 안다고 생각하세요?"

"지난번에 그러셨죠? 비밀 결사대의 임무는 아주 중요하지만, 모든 책임을 전적으로 미성년자들이 떠맡고 있다고요. 조르드는 당장 몸을 숨겨야 했을 테니, 부모님 집이 아니라면 이곳에 있을 거라는 생각이 들었어요."

닐 아빠가 경감을 똑바로 바라보려고 애를 쓰며 대답했다.

"아까도 말했지만, 그 애는 여기에 없어요."

"그렇다면 어디에서 찾을 수 있는지 알려 주세요."

닐의 부모가 고개를 저었다.

"아르다 라미스가 머무는 센터를 찾을 수 있게 도와주세요. 그 애가 살해당하게 내버려 둘 순 없어요."

닐의 부모는 '살해'라는 단어에 결국 두 손을 들고 말았다.

"조르드도 센터의 위치는 몰라요."

"분명히 알고 있을 거예요!"

"아니요, 몰라요. 저희도 모르고요."

닐의 부모는 더 이상 해 줄 이야기가 없어 보였다.

그때 경감의 눈에 벽면을 장식한 그림들이 들어왔다. 계곡, 숲, 폭포, 강……. 모든 그림은 같은 장소를 가리키고 있었다. 화가 말대로라면 저 산 아래 작은 농장이 하나 있을 터였다.

그란우르베는 식품 조합으로부터 먹거리를 공급받았다. 그런데 수익을 내는 데 관심이 없는 소규모 농장들은 그란우르베에 농산물을 팔지 않았다. 센터에서는 정부에 발각될 위험 때문에 조합 대신 작은 농장과 먹거리를 거래할 게 뻔했다. 게다가 비밀 결사대와 관련이 있는 닐의 부모는 특정 농장을 암시하는 그림 작품을 여러 편 가지고 있었다.

경감은 태블릿을 꺼내 검색하기 시작했다. 계곡 그림을 카메라로 찍은 다음 산악 분석 시스템에 넣어 프로그램을 실행하자 그림의 지형과 정확히 일치하는 장소가 지도상에 나타났다. '잃어버린 계곡'이라는 곳이었다. 곧바로 경찰청 웹사이트에 접속해 비밀번호를 입력했다. 유선 전화 통신망에 접속해 문제의 계곡을 가로지르는 전화선을 찾은 뒤, 다른 지역과 연락을 주고받은 적 있는 농장과 전화번호를 알아냈다.

그렇게 한참을 태블릿과 씨름한 끝에 마침내 작은 농장의 최근 통화 목록을 찾아냈다. 그곳과 여러 차례 통화한 내역이 있는 사립 학교의 전화번호까지도. 라프론테라 북쪽 바리오 델 에스페호에 있는 셀렉토 에스코리우엘라 사립 학교로, 경감의 예상대로 경찰청에서 반경 이십 킬로미터 내에 있었다.

그 시각, 조르드는 이층의 방 안에서 전기총을 든 채 손을 벌벌 떨고 있었다. 이렇듯 중요한 순간에 무력하기만 한 자신이 너무나 하찮게 느껴졌다. 이렇게 계속 숨어 있을 수만은 없었다. 조르드는 주머니에 전기총을 찔러 넣고 방에서 나와 거실을 내려다보았다. 닐의 부모와 베아트릭스 경감이 태블릿 화면에 뜬 지도를 보고 있었다. 조르드는 몸이 덜덜 떨렸다. 경찰이 센터의 위치를 찾아낸 게 분명했다.

"여기인가요?"

경감이 날카로운 목소리로 묻자, 닐의 아빠가 비통한 눈빛으로 고개를 저었다.

"우리는 몰라요. 정말이에요. 아무도 알려 주지 않았고, 가 본 적도 없어요."

경감은 그 말을 믿었다. 그들 부부에게서는 더 이상 알아낼 게 없을 듯했다.

"센터의 위치가 이곳이 맞는지 확실하진 않지만 일단 가 볼 생각이에요. 다른 방법이 없으니까요. 혹시 조르드 야누와 연락이 닿는다면, 경찰이 찾고 있다고 전해 주세요. 난 아르다 리미스가 무사한지부터 확인해야겠어요."

그러고는 서둘러 자리에서 일어나 문을 향해 걸어갔다. 그때 남자아이의 다급한 목소리가 들려왔다.

"잠깐만요!"

경감이 몸을 돌리는 순간, 숨어 있던 조르드가 눈앞에 나타났다. 비밀 결사대의 리더가 자기를 잡으러 온 경찰 앞에 떡하니 모습을 드러낸 것이었다. 아르다를 위해서는 그 방법밖에 없었다.

경감은 조르드를 바로 알아보았다.

"조르드 야누가 여기에 있었군요?"

거실에 팽팽한 긴장감이 감돌았다. 경감이 곧장 조르드를 체포할지도 모른다는 생각에 닐의 부모는 안절부절못했다.

조르드는 금방이라도 울음을 터뜨릴 것처럼 달달 떨리는 목소리로 간청했다.

"저도 갈래요. 센터로 가는 거라면 제발 같이 가게 해 주세요. 아르나한테 할 얘기가 있어요."

불길한 예감

센터에서 열린 작별 파티는 저녁 여덟 시에 끝났다. 감시자들에게 오늘도 여느 날과 다르지 않다는 것을 보여 주려면 평소처럼 아홉 시에 불을 꺼야 했기 때문이다. 차양을 내리고 체육관을 도청하는 마이크를 꺼 버린 채 떠나는 이들과 남는 이들이 울컥해서 서로 포옹했다. 언젠가 다시 만나자고 굳게 약속하면서.

떠나는 이들은 감시자들이 방심한 틈을 노려 동이 트기 전에 일찌감치 출발할 예정이었다. 그러나 감시자들은 이미 모든 것을 예상하고 행동에 나설 준비를 마친 상태였다.

그날 밤, 아르다는 방 안에 감도는 긴장감을 온몸으로 느꼈다. 비엔나는 금방이라도 발작을 일으킬 것처럼 지나치게 흥분한 상태였다.

"마지막 밤을 너랑 함께 있을 수 있어서 얼마나 행복한지 몰라!"

비엔나는 한껏 들떠서 숨이 넘어갈 듯한 목소리로 계속 떠들었다.

"헤어지는 건 싫지만 네가 더 좋은 세상에 가서 새로운 삶을 시작할 용기를 냈다는 게 정말 기뻐."

사실 비엔나는 집에서 지내는 동안 '더 좋은 세상'과 '새로운 삶'이라고 말하는 순간, 숨겨 둔 주사기를 떠올리도록 세뇌되어 있었다. '아주 재미있는 깜짝 선물이 될 거야.' 비엔나의 머릿속에서 어떤 목소리가 속삭였다.

아르다는 비엔나를 의심하는 마음 때문에 죄책감에 시달렸다. 소름 끼치도록 번뜩이는 눈빛과 날카로운 시선, 감정의 기복……. 그 모든 게 너무나도 이상했다. 비엔나가 자기를 정말로 좋아한다고 믿고 싶었지만 도무지 확신이 들지 않았다. 아르다는 정체 모를 불안감에 괴로워하며 비엔나에게서 등을 돌린 채 잠옷을 꺼냈다.

그러는 동안에도 비엔나는 쉬지 않고 떠들어 댔다. 아직 이곳을 떠날지 말지 결정하지 못했다는 둥, 앞으로 어떻게 해야 할지 모르겠다는 둥, 아픈 엄마를 봤을 때는 다시 집으로 돌아가야겠다는 생각이 들었다는 둥, 가족과 인연을 끊고 지금껏 살던 세상을 벗어나 산으로 달아날 수는 없을 것 같다는 둥……. 머릿속의 생각을 죄다 입 밖으로 쏟아 내는 것 같았다.

"아르다, 만일 나처럼 엄마가 아프다면 넌 어떻게 할 거야?"

아르다는 가슴이 답답해져서 숨을 크게 들이마셨다. 두려움이 엄습했다. 그건 아무 이유도 없이 아르다의 몸속으로 파고들더니, 거머리처럼 가슴 깊숙한 곳에 들러붙었다. 도대체 뭐가 두려운 거지? 익숙한 세상을 떠나 농장으로 갈 거라서? 아니면 과거와 인연을 끊어야 해서? 아무리 생각해도 그런 이유 때문은 아닌 듯했다.

아르다는 뒤돌아서서 비엔나의 경직된 등을 바라보았다. 얼굴은 보이지 않았지만, 비엔나는 지금 눈도 깜빡이지 않고 숨도 거의 쉬지 않는 것 같았다. 집에 다녀오기 전과는 완전 딴판이었다.

"나, 씻고 올게."

비엔나는 아르다의 말을 듣지 못했는지 또 주절대기 시작했다.

"어쩌면 이 세상을 뒤바꿀 수 있는 유일한 방법은……. 응? 아르다, 뭐라고 했어?"

"씻고 오겠다고."

아르다가 욕실로 들어가자마자 비엔나는 침대 밑에 넣어 두었던 가방을 향해 팔을 쭉 뻗었다. 그러고는 가방 속을 더듬어 생리대 상자를 꺼낸 뒤, 그 안에 감춰 두었던 주사기를 조심스럽게 꺼냈다. 고작 1센티미터밖에 안 되는 작은 바늘이 달린 주사기에는 플라스틱 덮개가 씌어 있었고, 안에는 파란색 약물이 들어 있었다.

비엔나는 망설임 없이 덮개를 뺐다. 그 주사기가 어떤 목적으로 쓰이는지는 알 수 없었다. 질문은 금물이었으니까. 자신의 이익을 위해 행동하라는 머릿속 목소리에 집중했다. 그거면 충분했다.

욕실에서 물소리가 들려왔다. 비엔나는 자리에서 일어나 주사기를 가만히 바라보았다. 방 안 공기가 오염이라도 된 것처럼 갑자기 숨이 턱 막혔다. 한숨을 푹 내쉬고 욕실을 향해 조심스럽게 다가갔다. 심장이 쿵쾅거리고 이가 덜덜 떨렸다.

비엔나는 큰 소리로 아르다를 불렀다.

"아르다!"

"왜?"

"조금 전까지 내가 우리 가족 얘기를 하던 중이었지?"

어이없는 실수

베아드릭스 경감은 갑자기 나타난 조르드를 보고 깜짝 놀랐지만, 곧 침착하면서도 확신에 찬 목소리로 대꾸했다.

"시간이 없으니까 빨리 가자."

두 사람은 지하 주차장으로 내려갔다. 별다른 표식은 없어도 지붕에 붙은 안테나며 검은색 방탄 유리만으로도 경감의 차가 경찰차라는 것을 분명히 알 수 있었다. 교통 법규에서 허용하는 최고 속도 이상을 달릴 수 있는 모델이었다.

조르드는 그제야 자신이 무슨 짓을 저질렀는지 깨달았다. 후회와 수치심이 밀려들었다. 아르다를 향한 마음이 시킨 충동적인 선택이었지만, 비밀 결사대 리더로서의 책임감이 조르드를 멈춰 세웠다.

"안 돼."

조르드는 들릴 듯 말 듯이 중얼거렸다. 경감은 차 문을 연 채 몸을 돌렸다가, 자신을 겨누고 있는 소형 전기총을 보고 화들짝 놀랐다.

"조르드, 무슨 짓이야?"

"경찰이 센터에 가게 내버려 둘 순 없어요."

"무슨 소리야? 빨리 아르다를 구하러 가야 해!"

"경찰을 믿을 수 없다고요!"

"난 조금 전에 널 바로 체포할 수도 있었지만 그러지 않았잖아?"

"아르다랑 닐, 박사님이 그곳을 안전하게 떠나기 전까지 아무도 가면 안 돼요."

"그때까지 기다리면 너무 늦어. 돌이킬 수 없게 될지도 모른다고."

경감은 조르드를 설득하며 한 걸음 다가갔다. 그 순간, 조르드가 전기총의 방아쇠를 당겼다. 어떤 결과를 초래할지도 모르고 엉겁결에 한 실수였다. 경감은 몸을 요란하게 떨면서 그대로 바닥에 고꾸라졌다. 의식을 잃지는 않았지만 사지를 꼼짝하지 못했다. 경감이 절망적인 눈으로, 공포에 질려 있는 조르드를 올려다보았다.

"바보 같은 자식, 이게 대체 무슨 짓이야?"

조르드는 당황해서 눈만 껌뻑거렸다. 경감은 바닥에 널브러진 채 입술만 겨우 움직였다. 조르드는 공포에 질려 꼼짝도 하지 못하고 경감의 이야기를 듣고만 있었다.

"지금부터 하는 이야기는 내 추측이니까 잘 들어. 트리플우베는 비밀 결사대가 아이들을 납치한다는 사실을 아무리 떠들어 봐야 소용없다는 결론을 내린 모양이야. 휴대폰 중독 치료에 진정제 같은 약물이 소량 쓰인다는 사실을 알아내고는 납치된 여자아이를 약물 과다 복용으로 죽이려는 음모를 꾸몄지. 비밀 결사대가 아이들을 납치한 뒤 약물을 써서 살해한다고 폭로하려는 계획이라고. 약물이 아닐 수도 있지만, 어쨌든 헤어날 수 없는 덫을 놓았을 거야. 그렇게 되면 너희는 살인 용의자가 되겠지. 여론이 등을 돌리면서 엄청난 비난을 쏟아 내지 않겠어? 스마트폰 통제법도 결코 통과될 수 없을 거고. 이제 알겠니? 내가 하는 말 이해하냐고!"

조르드는 경감의 이야기에 놀라 입도 뻥긋하지 못했다.

"날 차에 태워! 내가 안 타면 이 차는 꼼짝도 안 하니까, 날 태워서 시키는 대로 해. 어서!"

그제야 조르드가 베아트릭스 경감의 몸을 질질 끌어 가까스로 차에 태웠다. 그러고는 경감의 지시에 따라 가능한 한 빨리 목적지에 도착할 수 있도록 자율 주행 프로그램을 실행시켰다. 차는 속이 터질 정도로 천천히 주차장을 빠져나와 그란우르베로 향하는 자동차의 물결에 합류했다.

첫 번째 우회로에 이를 때까지 인내심을 시험하는가 싶을 정도로 느리게 움직이더니, 잠시 후 특수 자동차 전용 고속도로에 접어들자마자 속도를 높였다. 도로에 차가 많아도 다른 차의 움직임을 미리 감지해 차선을 변경하고 속도를 적절히 조정했다. 사고가 날 가능성이 전혀 없었지만 조르드는 손에 땀이 날 정도로 긴장했다.

"센터에 가서 아르다랑 할 얘기가 있다고 했지? 무슨 얘기야? 너도 그들과 함께 떠나고 싶은 거야?"

베아트릭스 경감이 뒤끝 있는 목소리로 물었다. 조르드는 대답 대신 부정의 의미로 고개를 저었다. 차마 사랑 때문에 자제심을 잃었다고 고백할 수는 없었던 것이다. 그런 감정에 자신을 내던지는 것은 웃음거리가 되고도 남을 일이니까. 하지만 경감은 바리오 데 아바호에서 오래 살았고, 그 사실을 잊지 않으려고 부단히 애를 써 왔다. 그래서 사랑이라는 감정이 어떤 것인지 누구보다 잘 알았고, 그만큼 조르드의 충동 역시 충분히 이해했다.

"센터를 나온 사람들은 오지에 있는 농장으로 가는 것 같던데……."

"네."

조르드가 체념한 듯이 대꾸했다.

"아르다에게 작별 인사를 하려고?"

"그 애가 저랑 같이 그란우르베로 돌아왔으면 좋겠어요."

"그래?"

라프론테라 북쪽을 향해 지하 고속도로를 전속력으로 달리는 동안, 차 안에는 다시 침묵이 감돌았다. 경감의 마지막 한 마디만이 공기 중에 둥실 떠 있는 듯했다. 잠시 후, 경감이 또 입을 열었다.

"넌 왜 아르다랑 같이 떠나지 않아?"

조르드는 확신이 서지 않아 대답을 머뭇거렸다.

"안 가는 게 아니라 못 가는 거예요."

"비밀 결사대 리더라서?"

"네."

경감의 얼굴에 비웃는 듯하면서도 연민이 담긴 미소가 번졌다.

"그게 무슨 의미가 있어?"

"전 여기에 남아서 끝까지 싸워야 하니까요."

"무엇을 위해서? 닐 옵스타트가 리더에서 물러난 뒤 네가 한 일이 뭐야?"

순간, 조르드는 주눅이 들었다.

"비밀 모임을 몇 번 가졌어요."

"그 모임이 이 사회를 개선하는 데 결정적인 역할을 했어? 대기업들의 뿌리를 막 흔들어 놓았냐고."

조르드가 불쾌한 얼굴로 경감을 노려보았다.

"우리가 할 수 있고, 해야만 하는 일은 모조리 다 할 거예요."

"아니, 그런 건 없어."

경감이 딱 잘라 말했다.

"기껏 청소년 단체 하나가 세상을 지배하는 힘 있는 대기업들에 맞서서 뭘 할 수 있겠어?"

"청소년만 있는 건 아니에요. 부모님들도……."

"너희 부모님은 너희보다 더한 족쇄를 차고 있다는 걸 왜 몰라? 그런 기업들에게서 매달 월급을 받잖아. 아주 잠깐이라도 삐딱하게 굴었다가는 당장 잘리고 말걸. 그러면 집과 차는 물론이고, 그란우르베에서 누리던 모든 특권을 잃은 채 바리오 데 아바호로 쫓겨나겠지. 바닥에서 다시 시작해야 할 거라고. 어째서 너희가 반란의 선두에 서야 했을까? 바로 잃을 게 별로 없기 때문이야.

닐 옵스타트가 체포되었을 때 어떤 벌을 받았지? 그 애가 원하는 대학의 학과에 진학하지 못하게 되었을 뿐이야. 다른 법을 공부하는 데는 아무런 문제도 없어. 그 애한테 뭘 더 할 수 있었겠어? 소년원으로 보내? 가족의 월급을 압류해? 결론적으로 그 애한테서는 아무것도 빼앗을 수 없어.

하지만 그 애 부모님이 반란을 주도했다면 이야기가 달라지지. 어른들은 모든 걸 잃을 수 있거든. 그게 바로 우리를 꼼짝도 못 하게 만드는 이유인 거야. 그걸 착각해선 안 돼. 대기업이 깔아 놓은 판에서 너희가 무슨 게임을 할 수 있겠어? 그들은 규칙도 멋대로 바꾸고 속임수를 쓰면서도 양심의 가책 같은 건 느끼지도 않는데."

잠자코 이야기를 듣던 조르드가 한숨을 푹 내쉬었다.

"그래도 뭔가 해야 하는 거 아니에요?"

"건물을 무너뜨리고 싶으면…… 밖으로 나와서 해야 하는 거야."

"밖에서요?"

조르드가 눈을 반짝이며 물었다.

"그래, 밖에서. 무너지는 건물에 깔리고 싶지 않다면 말이야. 멀리, 오지로 가서 작은 농장들이 식품 조합에 먹히지 않도록 지키면서 힘을 키워. 그런 다음에 그란우르베에 발이 묶여 있는 이들을 구할 준비를 해."

지하 고속도로를 쌩쌩 달리던 차는 어느덧 바리오 델 에스페호 방향의 출구를 빠져나갔다. 그리고는 느릿느릿 움직이는 일반 차량의 물결에 합류했다가 셀렉토 에스코리우엘라 사립 학교로 향하는 우회로를 탔다. 마침내 차가 학교 주차장 문 앞에 이르렀다.

"차단기에 있는 벨을 누르고 누군지 말해. 신분증 번호랑 지문도."

조르드는 경감의 지시에 따랐다. 차단기 아래에 달린 벨을 누른 뒤 안내에 따라 이름과 신분증 번호를 말하고 지문 인식기에 손가락을 갖다 댔다. 경비 팀장 사무실에 있던 닐은 조르드의 방문을 확인한 뒤 깜짝 놀라서 마이크에 대고 외쳤다.

"조르드, 진짜 너야?"

경감은 닐의 목소리를 듣자마자 재빨리 말했다.

"닐 옵스타트? 지금 당장 아르다가 무사한지 확인해!"

조르드가 이층 로비로 올라가자, 엘리베이터 앞에 닐과 킴 박사가 기다리고 있었다.

"조르드, 대체 무슨 일이야? 여긴 어떻게 찾았어?"

"꾸물거릴 시간이 없어. 당장 아르다한테 가야 해!"

"야, 너 사랑에 눈이 멀어서 여기까지 달려온 거야?"

"닐, 농담할 여유 없어. 빨리 아르다 방이 어딘지 알려 줘!"

조르드가 다급하게 소리를 질렀다.

그제야 닐은 뭔가 심각한 일이 벌어졌다는 걸 깨닫고 앞장서 달리기 시작했다. 세 사람은 로비를 잽싸게 지나 센터의 끄트머리를 향해 길게 쭉 뻗은 복도를 부리나케 달렸다.

수상한 주사기

아르다는 샤워기만 틀어 놓고 욕조 밖에 멍하니 서 있었다. 그러다가 문밖에서 비엔나의 목소리가 들려오자, 기겁을 해서 하마터면 비명을 지를 뻔했다. 뭔가 끔찍한 일이 벌어질 것만 같은 예감이 들었다. 아르다는 헐벗은 채 조그만 욕실에 갇혀 정체 모를 공포감으로 온몸을 부들부들 떨었다.

어쩌면 병적인 상상에 불과한 건지도 몰랐다. 죄 없는 비엔나를 의심하고 싶지 않았다. 그 애는 그저 자기가 농구를 더 잘한다는 걸 뽐내고 싶었던 건지도 모르니까. 그러나 불길한 생각을 떨칠 수가 없었다. 자신을 날카롭게 쳐다보던 비엔나의 두 눈, 조르드가 쓴 시처럼 '로봇 같았던 눈'이 자꾸만 생각났다.

"아르다!"

그때 욕실 문 가까이에서 비엔나의 목소리가 들려왔다.

"왜?"

"조금 전까지 내가 우리 가족 얘기를 하던 중이었지?"

아르다는 귀를 틀어막고 싶었다. 비엔나는 계속 말을 이었다.

"아픈 엄마를 봤을 때는 다시 집으로 돌아가 곁에서 지내야겠다는 생각이 들었어. 가족과 인연을 끊고 지금껏 살던 세상을 벗어나 산으로 달아날 수는 없을 것 같아."

비엔나는 불과 몇 분 전에 했던 이야기를 토씨 하나 바꾸지 않고 똑같이 말했다. 마치 로봇처럼. 어쩌면 '영혼 없는 좀비'처럼. '고통도 기쁨도 입맞춤도 통곡도 탄식도 아픔도 없는 세상'에 사는 로봇, 조르드가 썼던 시에 나오는 그 로봇 같았다. 원격 조종 장치로 움직이는 꼭두각시, 가상의 세상에서 길을 잃은 복제 인간 같기도 했다.

잠시 후 욕실 문이 빠끔 열리는 게 거울에 비쳤다. 하지만 아르다는 비엔나가 손에 주사기를 들고 있는 걸 보지는 못했다. 비엔나가 욕실 안으로 들어오기도 전에 위험을 직감하고 온 힘을 다해 문을 세게 밀었기 때문이다. 비엔나는 문에 머리를 박고 비틀거리며 바닥에 쓰러졌다.

아르다는 한때 친구였던 아이의 고통과 분노로 일그러진 얼굴을 물끄러미 바라보았다. 그러다 바닥에 떨어진 주사기를 발견하고는 경악을 금치 못했다.

하지만 그걸로 비엔나를 물리쳤다고 믿었다면 착각이었다. 운동으로 단련된 비엔나의 몸은 아르다보다 훨씬 다부졌다. 비엔나는 바닥에 흘린 주사기를 집어 들고는 자리에서 벌떡 일어나 아르다를 세차게 떠밀었다. 그러고는 주사기를 높이 쳐들고 아르다에게 달려들었다. 아르다는 필사적으로 몸부림치며 비엔나를 욕조로 밀쳤다. 발이 미끄러진 비엔나가 욕조에 처박히자, 아르다는 손에 집히는 물건들을 마구 집어 던지며 소리를 질렀다.

"가까이 오지 마! 가까이 오지 말라고!"

아르다는 팽이처럼 제자리를 빙글빙글 돌면서 무기를 찾았지만 금속제 빗살이 달린 빗 말고는 아무것도 없었다. 일단 빗을 손에 쥐고 방어 태세를 취하자마자 또다시 비엔나의 공격이 시작되었다. 엎치락뒤치락하며 몸싸움을 하던 아르다가 빗으로 비엔나를 내리치는 순간, 주삿바늘이 아르다의 어깻죽지를 찔렀다. 비엔나는 허둥지둥 달아나다가 벽에 쿵 부딪혔고, 아르다는 물줄기가 쏟아지는 샤워기 아래로 쓰러졌다.

아르다는 비엔나가 자기에게 주삿바늘을 찔렀다는 사실에 충격을 받아 아무 생각도 할 수 없었다. 그저 엉엉 울면서 몸을 마구 허우적댔다. 몸에 박힌 주사기는 손으로 쳐서 빼 버렸다. 뾰족한 바늘을 밟을까 봐 무서워 벌벌 떨면서 가까스로 몸을 일으켰다. 그 상태로 거침없이 쏟아지는 물줄기 아래에서 휘청이며 서 있었다. 비엔나가 다시 공격해 올 거라 생각했지만 한참이 지나도 아무런 움직임이 없었다.

그때 사람들이 욕실 안으로 뛰어 들어오더니, 악마에 홀린 사람처럼 괴성을 지르는 비엔나를 밖으로 끌고 나갔다. 그리고 색색의 기괴한 가면을 쓴 여자가 다가와 아르다에게 샤워 가운을 둘러 주었다. 아르다는 자기가 죽은 건지도 모른다는 생각이 들었다.

"괜찮아, 아르다. 다 괜찮아."

가면을 쓴 것처럼 보였던 여자는 킴 박사였다. 아르다는 그제야 마음이 놓여 박사를 꼭 끌어안았다.

누군가 욕조 바닥에서 주사기를 찾아 집어 들었다. 파란색 액체가 제법 많이 남아 있었다. 비엔나는 미처 피스톤을 누를 정신이 없었던 듯했다.

아르다는 박사에게 의지해 욕실 밖으로 나갔다. 놀랍게도 방 안에 조르드가 있었다. 믿기지 않아 두 눈을 연방 껌벅이자, 조르드가 아르다의 이름을 부르며 다가왔다. 조르드는 아르다가 휴대폰 중독에서 벗어났다는 걸 금세 눈치챘다. 그 어느 때보다도 맑고 투명한 그 애의 눈동자가 자신을 똑바로 바라보고 있었던 것이다. 조르드는 천천히 다가가 아르다를 꼭 껴안았다.

그 시각, 경찰차 네 대가 요란하게 사이렌을 울리며 셀렉토 에스코리우엘라 사립 학교 앞에 도착했다. 비밀 결사대에게 납치된 아르다를 구하러 달려온 것이다. 그 뒤에는 텔레비전 방송국 차량이 다섯 대나 따라왔다. 선두에 있던 경찰차가 정원의 울타리를 넘어뜨리자 경찰들이 우르르 학교 안으로 진입했다. 서른여섯 명이나 되는 경찰들은 테러리스트들과 맞서기라도 하는 것처럼 중무장한 채 어마어마한 파괴력을 자랑하는 전기총을 들고 있었다.

"경찰이다! 너희는 포위되었다."

"무기를 버리고 벽에 기대 서!"

경찰은 아르다 라미스가 이곳에 납치되었다는 익명의 제보를 받았다고 방송사에 미리 언질을 주었다. 비밀 결사대가 아르다에게 최면을 걸고 위험한 약물을 투약했다는 첩보를 받고 현장을 급습한다는 내용이었다. 이에 납치 전담반의 니콜라스 반장은 수색 영장을 받자마자 구출 작전에 나섰다고 했다.

경찰들은 귀가 먹먹해질 만큼 고래고래 소리를 지르면서 학교 건물 안을 샅샅이 뒤졌다. 아르다의 행방을 찾는 경찰의 모습을 방송사 카메라들이 하나도 놓칠 수 없다는 듯이 따라붙어 찍어 댔다. 어느새 여자 기숙사 건물에까지 소란스러운 소리가 들이닥쳤다. 현기증이 일어 침대에 누워 있었던 아르다가 몸을 일으키기 위해 버둥거렸다.

"나가 봐야 해요."

조르드와 닐, 그리고 킴 박사가 말렸지만 아르다는 끝끝내 고집을 부렸다. 사실 아르다가 직접 나서는 게 최선이라는 걸 모두 알고 있었다. 경찰들의 고함 소리가 아래층에서 쩌렁쩌렁 울렸다.

"괜찮겠어?"

"네, 괜찮아요."

박사가 아르다의 손을 꼭 쥐었다 놓았다.

경찰들이 막 계단에 오르려는 순간, 샤워 가운을 걸친 아르다가 계단 맨 위쪽에서 모습을 드러냈다. 그리고는 다부지고 단호한 목소리로 물었다.

"절 찾으세요?"

아르다가 모습을 드러내자 갑자기 사방이 조용해지면서 모두 그 자리에 우뚝 멈추어 섰다. 선두에 있던 니콜라스 반장이 당황한 표정을 애써 숨기며 과장된 목소리로 대꾸했다.

"아르다! 널 구하러 왔어."

"절 구하다니, 왜요?"

"저들이 널 이곳에 억지로 끌고 온 거잖니?"

반장의 목소리는 자신감을 잃어 점점 작아졌다.

"제가 납치라도 당한 줄 아셨어요? 전 여기에 고전 문학을 공부하러 온 건데요? 단테의 《신곡》이요. 'Nel mezzo del cammin di nostra vita(우리 인생길 중간 즈음에)' 무슨 말인지 아시죠?"

그 누구도 예상하지 못한 상황이었다. 경찰이 센터를 급습해 약물 과다 복용으로 죽은 아르다 라미스를 발견하는 것이 트리플우베와 아그라마, 그리고 경찰이 짜 놓은 각본이었던 것이다. 니콜라스 반장은 혼란을 틈타 범죄 현장을 점거한 뒤 아르다의 룸메이트이자 이 작전의 조력자인 비엔나에 관한 모든 서류를 없애는 것까지 계획하고 있었지만 모든 게 수포로 돌아갔다.

원래 계획대로 아르다 라미스 납치 및 살인 혐의로 비밀 결사대를 고발하면 엄청난 파장이 일 것이 분명했다. 의회에서 막바지 논의 중인 스마트폰 통제법에 막대한 영향을 미치게 될 터였다. 무엇보다 스마트폰 통제법을 지지하던 비밀 결사대는 악랄한 납치범이자 파렴치한 집단이라는 오명을 쓰고 추락할 게 뻔했다. 여론이 그들에게서 등을 돌리면 스마트폰 통제법은 흐지부지될 수밖에 없었다. 이것이 바로 트리플우베가 원하는 바였다. 이 모든 계획에는 한 가지 조건이 달려 있었다. 경찰이 죽은 아르다 라미스를 발견하는 것. 하지만 아르다는 죽지 않았다.

경찰들의 고함이 일순간 침묵으로 바뀌었다. 이번에는 경찰들을 따라온 기자들이 시끌벅적하게 한바탕 소동을 일으켰다. 그들은 납치된 적 없는 소녀와 세상에서 가장 우스꽝스러운 소동을 일으킨 경찰들의 모습을 카메라에 담았다.

"반장님, 혹시 더 확인해야 할 게 남았나요? 저희는 지금 취침 시간이거든요. 여기도 규칙이라는 게 있어서요."

킴 박사가 시치미를 뚝 떼고서 말했다.

"아르다와 이야기를 좀 나누어야 할 것 같군요."

반장도 순순히 물러서지는 않았다.

"죄송하지만 지금은 취침 시간이에요. 아르다가 부모님 댁으로 돌아간 뒤에 얘기를 나누시는 게 어떨까요?"

경찰에게는 더 이상 그곳에 머무를 명분이 없었다.

"알겠습니다. 유감스럽게도 뭔가 착오가 있었던 것 같아요. 소란을 일으켜 죄송합니다."

"괜찮습니다. 그럴 수도 있지요. 우린 모두 실수를 할 수 있어요. 인간이니까요."

박사는 매일 인간이길 거부하기 위해 갖은 애를 쓰는 반장의 눈을 똑바로 바라보며 모든 걸 다 안다는 듯이 말했다.

조르드와 아르다는 중무장한 경찰들이 건물 밖으로 물러나는 모습을 지켜보았다. 조르드가 어깨를 감싸 안자, 아르다가 미소를 지어 보였다. 둘 사이에 희망이 싹트고 있었다.

"나도 너희와 함께 농장으로 갈래."

닐은 조르드의 선언에 충격을 받은 듯했다.

"조르드, 그럼 비밀 결사대는? 다 포기하겠다는 뜻이야?"

닐이 비난조로 말하자, 조르드는 숨을 크게 들이마신 뒤 닐을 마주 보았다.

"그러는 넌 싸움을 포기해서 농장으로 가는 거야? 네가 떠나 버린 세상 따윈 어떻게 되어도 상관없어?"

"그럴 리가 있어? 그곳에 가서도 더 좋은 세상을 만들기 위해 계속 싸울 거야. 그란우르베에서는 우리가 할 수 있는 게 아무것도 없어. 지금까지는 휴대폰에 중독된 아이들을 구해서 치료할 수 있었지만 센터가 발각된 이상 여길 떠나 처음부터 다시 시작해야 해. 만일 스마트폰 통제법이 통과되면 상황은 좀 더 나아지겠지."

그때 경비 팀장이 달려와 말했다.

"주차장에 경찰 한 명이 몸을 가누지 못한 채 쓰러져 있어!"

조르드는 그제야 베아트릭스 경감이 떠올랐다.

동틀 무렵, 산악 자동차들이 도착해 오지로의 여행이 시작되기 직전이었다. 마침내 경감이 몸을 움직일 수 있게 되었다. 조르드의 설명으로 사람들은 경감이 그들을 도왔다는 사실을 알았다.

"음, 이곳에선 좋은 냄새가 나네요."

경감이 냄새를 음미하듯이 두 눈을 꼭 감은 채 말을 이었다.

"우리 아버지가 바리오 데 아바호에서 종이책을 만드시거든요. 우리 집에서도 이런 종이 냄새가 나요. 어린 시절을 떠올리게 하는 냄새죠. 지금 지내는 라프론테라의 집에도 종이책이 산더미처럼 쌓여 있어서 이런 냄새가 나긴 해요. 그걸 보고 있자면 어릴 적 추억이 손에 잡힐 듯 생생하게 느껴져요. 여기선 그런 그리운 냄새가 나네요."

"저희는 종이책만 보거든요."

박사가 경감의 이야기에 반색하며 대꾸했다.

"경감님도 저희랑 같이 가요. 왜 같이 안 가신다는 거예요?"

아르다가 아쉬운 표정으로 물었다.

"건물을 무너뜨리기 위해서는 건물 밖으로 나가야 해. 그래야 무너진 건물에 깔리지 않을 테니까. 하지만 폭약을 설치하려면 누군가는 건물 안에 있어야 하는 거야."

베아트릭스 경감이 의미심장한 눈빛으로 조르드를 바라보며 말했다. 조르드는 그 말을 이해한 듯이 미소를 지었다.

뜻밖의 방문객

베아트릭스 경감은 판사와 이야기를 나눈 뒤 경찰청에 복귀했다. 경감이 제출한 보고서에는 아르다 라미스가 바리오 델 에스페호에 있는 사립 학교에서 당한 습격의 전모가 상세히 적혀 있었다. 아르다의 룸메이트였던 비엔나 브란카가 소지하고 있던 주사기 속 파란색 액체는 다량 투약할 경우에 목숨을 앗아 갈 수도 있는 치명적인 약물로 밝혀졌다.

비엔나는 그 사건이 일어난 직후 곧바로 혼수상태에 빠졌다. 하지만 의사들도 그 원인을 알지 못했다. 한편, 과학 수사팀은 비엔나의 휴대폰에 깔린 특이한 애플리케이션에 주목했다. 앱은 휴대폰의 전원을 끌 수 없게 만드는 것은 물론이고, 마음을 안정시키는 이미지와 단조로운 음악, 그리고 생각을 차단시키는 메시지를 끊임없이 전송했다.

전문가들의 분석 결과, 심약한 사람들의 행동을 조종하면서 영향력을 끼치는 최면 프로그램이라고 했다. 과학 수사팀은 트리플우베만이 그런 프로그램을 개발할 수 있을 거라고 확신했다.

경감은 이 사건에 아그라마가 연관되어 있을 가능성을 상세하게 밝히면서, 보고서를 다음과 같은 질문으로 끝맺었다.

> 아르다 라미스가 약물 과다 복용으로 사망한 채 발견되었을 경우, 과연 누가 이득을 보게 될까?

경감은 그 답이 트리플우베라고 생각했지만, 판사를 설득하지는 못했다. 비엔나가 아르다를 공격할 타이밍을 미리 알고 있었던 것처럼 경찰이 그 시각에 맞춰 학교를 급습한 게 아무리 생각해도 의심스러웠다. 하지만 판사는 니콜라스 반장은 물론이고, 트리플우베의 직원을 심문하는 것조차 허가하지 않았다.

경감은 넌더리를 치며 주변을 둘러보았다. 동료들 가운데 시민의 안전을 진심으로 염려하거나 사건을 깊숙이 들여다보려고 애쓰는 사람은 단 한 명도 없었다. 머릿속에는 매달 꼬박꼬박 들어오는 월급과 상사에게 잘 보여 자리를 지켜야 한다는 생각밖에 없어 보였다.

그란우르베는 경감이 어린 시절을 보냈던 바리오 데 아바호와 너무나도 달랐다. 가난은 사람들을 괴롭게 했지만 반대로 세상의 이치를 깨우치게도 했다. 살아남기 위해 필요한 무기는 오직 단결과 연대, 공감, 포용뿐이라는 것을. 삶은 훨씬 더 복잡했지만 동시에 풍요롭기도 한 것이니까.

사무실 안의 수많은 경찰 중에서 모니터를 쳐다보고 자판을 두드리는 대신, 주변에 호기심을 갖는 사람은 베아트릭스 경감뿐이었다. 경감은 자신의 불안을 다른 이들과 나눌 수 있기를 바랐다. 하지만 '나한테 무슨 일이 있었는지 알아?'라거나 '판사가 내 보고서를 읽고 뭐라는 줄 아나?'라고 하면 다들 경감을 이상한 시선으로 바라볼 게 뻔했다. 아니, 눈살을 찌푸릴지도 몰랐다.

설령 좋은 소식이라 할지라도, 아그라마와 트리플우베의 수상쩍은 음모를 낱낱이 밝혀 냈다고 하더라도 기뻐하거나 관심을 보여 줄 만한 사람은 한 명도 없었다. 반장 역시 두말할 것 없었다. 어쩌면 경감이 납치 전담반의 업무를 복잡하게 만들고 있다면서 오히려 나무랄지도 몰랐다.

"자네 일이나 신경 써."

반장이 늘 하는 말이었다. 모니터에서 눈을 떼지 말고 자판을 열심히 두드려 정보를 찾아라, 위치 추적 장치와 감시용 드론에 찍힌 영상들을 분석해라, 목격자나 용의자들에게 소환장을 보내서 거짓말 탐지 검사를 받게 하고 판사에게 보낼 보고서를 작성해라, 그 외의 일에는 관심을 꺼라, 목표물은 바리오 데 아바호의 하루살이들이다, 그들은 무슨 짓이든 할 수 있는 흉악한 자들이다, 그란우르베의 시민이나 대기업 간부들은 건드리지 마라, 그들이 골치 아픈 문제를 일으키거나 사건에 휩쓸릴 이유는 그 어디에도 없다…….

그때 스피커에서 안내 방송이 흘러나왔다.

"베아트리스 우앙가 경감은 지금 13번 접견실로 오시기 바랍니다."

접견실에는 트리플우베 부사장의 비서인 라이트가 와 있었다. 경감은 의외의 인물을 보고 반가운 동시에 몹시 놀랐다. 라이트는 고개를 푹 떨군 채 손가락을 만지작거렸다. 손을 가만히 두지 못한 채 깍지를 꼈다 풀기도 하고 괜스레 손바닥을 긁기도 했다. 긴장한 기색이 역력했다.

"여긴 어쩐 일이에요?"

경감이 반가운 얼굴로 물었다. 라이트는 그제야 고개를 들어 경감의 눈을 바라보았다. 눈빛이 결의에 차 있었다.

"경감님, 오랜만이에요. 사실 여기까지 오는 게 쉽진 않았어요. 어제도 왔다가 멀리서 경감님을 보기만 하고 그냥 돌아갔거든요."

라이트는 시선을 돌리고 싶은 마음을 꾹 누르며 크게 숨을 들이마셨다.

"다시 만나서 기뻐요. 그런데 무슨 일로 찾아왔어요?"

라이트가 손에 쥐고 있던 유에스비를 앞으로 내밀었다.

"트리플우베 우그 크론카이트 부사장의 컴퓨터에서 빼낸 자료가 들어 있어요. 아르다 라미스의 사진이랑 부사장이 누군가에게 전달한 지시 사항도 있고요. 암호 같은 내용이지만 이해하기 어렵진 않을 거예요. 짧게 설명하면 약물 과다 복용의 효과에 관한 설명이에요. 트리플우베의 사장과 부사장이 연루된 살인 청탁이죠. 곳곳에 아그라마라는 단어도 등장해요. 아! 그리고 그란우르베 경찰서의 납치 전담반 니콜라스 폴리카르포 반장의 개인 휴대폰으로 보낸 메시지도 들어 있어요."

베아트릭스 경감은 가슴이 벅차올라 하마터면 소리를 지를 뻔했다. 판사가 절대로 무시할 수 없는 핵심 증거들이었다. 하지만 섣불리 행동할 수 없었기에 꾹 참았다. 한동안은 경감직을 지키고 싶었다. 적어도 우그 크론카이트가 거짓말 탐지기 앞에 앉아서 심문을 받는 모습을 볼 때까지는.

"왜 이렇게까지 해요?"

접견이 끝난 뒤, 경감이 라이트를 배웅하며 물었다.

라이트는 엄청난 위험을 무릅쓰고 내부 고발을 했다. 이 일로 트리플우베에서 해고될 게 분명했고, 앞으로 좋은 일자리를 찾기도 어려울 터였다. 어쩌면 바리오 데 아바호로 이주해 처음부터 다시 시작해야 할지도 몰랐다. 돈 있는 자만이 권리를 누릴 수 있는 이 사회에서 비참한 삶을 살아야 할 수도 있다는 걸 라이트가 모를 리 없었다.

"우리가 처음 만났을 때, 경감님이 제 눈을 똑바로 바라보는 게 좋았어요. 전 사람들이 서로의 눈을 더 자주 봐야 한다고 생각하거든요. 그뿐이에요."

라이트가 경감의 눈을 바라보며 대답했다. 경감은 멀어지는 라이트의 뒷모습을 한참 동안 물끄러미 바라보았다.

내 눈을 봐!

첫판 1쇄 펴낸날 2021년 2월 25일
3쇄 펴낸날 2023년 4월 27일

지은이 안드레우 마르틴 **옮긴이** 김지애
펴낸이 박창희
편집 김수진 백다혜 **디자인** 김선미
마케팅 최창호 박진호 임선주 **회계** 양여진

펴낸곳 (주)라임
출판등록 2013년 8월 8일 제 2013-000091호
주소 경기도 파주시 심학산로 10, 우편번호 10881
전화 031) 955-9020, 9021 **팩스** 031) 955-9022
이메일 lime@limebook.co.kr **인스타그램** @lime_pub
홈페이지 www.prunsoop.co.kr

ISBN 979-11-89208-71-4 44870
979-11-951893-0-4 (세트)

* 잘못된 책은 구입하신 서점에서 바꾸어 드립니다.
* 본서의 반품 기한은 2028년 4월 30일까지입니다.